Chris Boettcher

Fränglisch mit Loddar

Again what learned!

riva

Bibliografische Information der Deutschen Nationalbibliothek:
Die Deutsche Nationalbibliothek verzeichnet diese Publikation
in der Deutschen Nationalbibliografie.
Detaillierte bibliografische Daten sind im Internet über
http://dnb.d-nb.de abrufbar.

Für Fragen und Anregungen:
chris.boettcher@riva-verlag.de

2. Auflage 2011

Nymphenburger Straße 86
D-80636 München
Tel.: 089 651285-0
Fax: 089 652096

Idee, Konzept und alle Texte: Chris Boettcher
Redaktion: Doris Preißler, München
Umschlaggestaltung: Moritz Röder, München
Umschlagabbildung: Robert Fischer, Getty Images
Innengestaltung und Satz: Maria Wittek, München
Printed by: Korotan-Ljubljana d.o.o.

ISBN 978-3-86883-084-2

Bildnachweis:
Illustrationen: S. 19, 21, 23, 33, 34, 48, 51, 58, 63, 64, 73, 77, 81, 83, 87, 91, 94, 111, 123, 124, 128: iStockphoto
Fotos: S. 6, 13, 14, 15, 25, 27, 37, 39, 40, 43, 47, 49, 52, 55, 57, 61, 65, 68, 71, 75, 76, 79, 85, 90, 93, 99, 102, 104, 107, 109, 110, 113, 114, 115, 119, 127: Robert Fischer

12
adidas
F.C. BAYERN MÜNCHEN E.V.
OPEL

Vorwort
Before Word

Hallo zusammen! Wie geht's, wie steht's?
Hello together! How goes, how stands?

Wie jedermann auf der Welt weiß, kenn ich mich sehr gut in Fußball aus.
How every man on the world knows, I know me very good out in Football.

Aber gut Fußball spielen ist nicht alles.
But good play football is not all.

Du musst andere Sprachen können …
You must can other languages …

… um besser anzukommen …
… to come better on …

… und um Frauen rumzukriegen.
… and to get women around.

Mein Motto war schon immer …
My motto was already always ...

... wenn du was machst, dann gib alles!
... when you make what, then give all!

Oder wie mein großes Vorbild Günther Oettinger sagen würde:
Or how my great before picture Günther Oettinger would say:

Jedermann braucht heute eine gescheite Ausbildung ...
Everyone needs today a intelligent outpicturing ...

... wenn du es packen willst im Leben!
... when you want to pack it in life!

Mit diesem Nachhilfebuch ...
With this afterhelp book ...

… bring ich euch alles bei, was ich über Englisch weiß.
… I bring you all by what I know over English.

Denk dran: Mit nur einem kleinen Hühnerfurz Englisch …
Think on it: With only a little chicken fart of Englisch ...

…kannst du sogar der Außenminister Deutschlands werden!
... you can even become the outing-minister of Germany!

Also, hängt euch rein und lernt mit mir.
Also, hang you in and learn with me.

Keiner lernt euch Englisch wie ich!
No one learns you English like I!

Euer Loddar

INHALT

INHOLD

Kapitel 1
Auf dem Fussballplatz

Capitol 1
On the Footballplace

Auf dem Fußballplatz
On the Footballplace

Schieß rüber!	Shoot over!
Her mit der Kirsche!	Here with the cherry!
Schiebung!	Pushing!
Tor! Tor! Tor!	Gate! Gate! Gate!
Es gibt Elfmeter!	It gives eleven metres!
Das war eine Schwalbe!	That was a swallow!
Bogenlampe	bow lamp
Ersatzspieler	he sentence player
Einwechslung	inchanging
Schiedsrichterball	referee ball
Schiedsrichterhoden	referee balls

Banana flank

Linienrichter	line judge
Bananenflanke	banana flank
Kurzpassspiel	short passport play
Einwurf	in-throw
das Aufwärmen	the onwarming
Querlatte	horizontal erection
Spielunterbrechung	game underbreaking
Schiri, wir wissen, wo dein Auto steht!	Refee, we know where your car stands!
Das Runde muss ins Eckige.	The round must in the cornery.
Ich bin ein Club-Anhänger.	I'm a Club onhanger.
Selber schuld!	Self guilty!
VfL Wolfsburg	VfL Wolf's Castle

Mönchengladbach	Monk Slippery Creek
Werder Bremen	Who The Bremen
Borussia Dortmund	Borussia Theremouth
Mainz 05	Mine 05
1899 Hoffenheim	1899 Hopehome
Hertha BSC	Sausage BSC
Eintracht Braunschweig	One Dress Brown Be Silent
Eintracht Frankfurt	One Dress Frank Away
Rot-Weiß Essen	Red White Eating
SC Paderborn 07	SC Priest's Willy 07
Karlsruher SC	Charles' Peace SC
1. FC Kaiserslautern	First FC Emperor's Loudering
Spielmacher	game maker
Abspiel	down game
Strafraum	punish room
Anstoßpunkt	onpushpoint
Torwart	gate wait
Zeugwart	stuff wait
Spielführer	game guide
Durststrecke	thirst distance
Vorteil	before part
Tatsachenentscheidung	deed thing decision

Kapitänsbinde	captain's always ultra
Pausenpfiff	break whistle
Franz Beckenbauer	Francis Poolbuilder
Basti Schweinsteiger	Basti Swineclimber
Philipp Lahm	Phil Paralyzed
Sepp Herberger	Jeff Hosteler
Helmut Schön	Bright Courage Beautiful
Dr. Hans-Wilhelm Müller-Wohlfahrt	Dr. John-William Miller-Gooddrive
Katsche Schwarzenbeck	Catchy Blackbaker
Thomas Hitzlsperger	Thomas Littleheatmountain
Waldi Hartmann	Foresty Hardman
Gerd Rubenbauer	Gerd Carrotfarmer
Klaus Augenthaler	Steal it Eye Valleyer
Calli Calmund	Calli Callmouth
Louis van Gaal (holl.)	Louis Van Horny
Rudi Assauer	Roody Acepigger
Jupp Derwall	Jupp The Wall
Tim Wiese	Tim Lawn
René Adler	René Eagle
Manuel Neuer	Manuel New One
Oli Kahn	Oli Old Boat
Jogi Löw	Guru Lion

Hansi Flick	*Johnny Repair*
Oli Bierhoff	*Oli Beerhope*
Christian Träsch	*Christian Trash*
Theo Zwanziger	*Theo Twenty Dollar Bill*

Fußballer-Weisheiten
Footballer Wisehoods

Das wird alles hochsterilisiert.
That becomes all highsterilized.
(Bruno Labbadia)

Wir dürfen jetzt nur nicht den Sand in den Kopf stecken.
We may now only not stick the sand in the head.
(Loddar Matthäus)

Ich hatte vom Feeling her ein gutes Gefühl.
I had from the feeling a good feeling.
(Andreas Möller)

Fußball ist Ding, Dang, Dong, es gibt nicht nur Ding!
Football is ding dang dong, it gives not only ding!
(Giovanni Trapattoni)

Das nächste Spiel ist immer das nächste.
The next game is always the next.
(Matthias Sammer)

Was meine Frisur betrifft, da bin ich Realist.
What be-meets my hairdress – there am I realist.
(Rudi Völler)

Ja, ich sach ma, die Irländer, die waren am Anfang stark.
Yes, I say once, the irelanders, they were on the beginning strong.
(Thomas Häßler)

Wir sind eine gut intrigierte Truppe!
We are a good intrigated troop!
(Loddar Matthäus)

Nun lasst uns alles Gelernte trainieren mit einer pfundigen …
Now let's train all learned with a poundy …

Kabinenansprache
Cabbin Onspeech

Leute, ich hoffe, ihr wisst, worum es heute geht:
People, I hope you know where round it goes today:

Heute geht es um die Wurscht!
Today goes it round the sausage!

Ich will, dass ihr alles gebt!
I want that you give all!

Ich will, dass ihr euch den Arsch aufreißt!
I want that you rip yourself the ass up!

Ich will, dass ihr Blut schwitzt!
I want that you sweat blood!

Wir haben heute eine große Aufgabe vor uns:
We have today a big upgift in front of us:

Wir wollen uns den Pott holen!
We want to fetch the Ruhrgebiet!

Und wenn wir uns richtig Mühe geben …
And when we give ourselves right pain ...

... dann werden wir uns unsterblich machen!
... then will we make us undiely!

Leute, heute müsst Ihr mit Köpfchen spielen.
People, today you must play with little head.

Wir müssen über die Flügel kommen!
We must come over the grand pianos!

Wir werden unsern Gegner in die Zange nehmen!
We will take our againster in the pincers!

Wir werden ihnen den Schneid abkaufen!
We will buy them the cut down!

Wir werden ihnen die Zähne zeigen!
We will show them the teeth!

Wir werden kompromisslos in die Zweikämpfe gehen!
We will go compromiseless in the two fights!

Wir müssen ihnen den Zahn schon in der Abwe(h)r ziehen!
We must draw them the tooth already in the down who!

Wir müssen einfach Mumm zeigen!
We must show simply sparkling wine!

Wir müssen unseren inneren Schweinehund überwinden …
We must overclimb our inner pig-dog …

... und jeder muss für den andern da sein!
... and erveryone must for the other there be!

Keine unüberlegten Torschüsse!
No unoverlayed gate shots!

Kein zu langes Ballhalten!
No too long ball holding!

Ich will schöne Spielzüge sehen …
I want to see beautiful game trains ...

... wie früher bei Parmesan Belgrad,
... like formerly by italian cheese Belgrad,

wo ich Trainer war.
where I Trainer was.

Die Jungs hatten wirklich was drauf!
The boys had really what on it!

Wir war'n erste Sahne in Europa!
We were first cream in Europe!

Sie sollen heute eure Vorbilder sein!
They shall today your before-pictures be!

Oder stellt euch vor, ihr seid ich,
Or place you before you are I,

ein ehemaliger Rekordnationalspieler.
a mariagge once record national player.

Ich gab niemals klein bei!
I gave never little by!

Ich hab nie den Schwanz eingezogen!
I have never drawn the tail in!

Ich bin immer aufs Ganze gegangen!
I went always on the whole!

Ich bin halt ein alter Draufgänger!
I am stop an old On it goer!

Und ich erwarte dasselbe von euch!
And I hewait the same from you!

Also, geht jetzt da raus und zieht den Bayern die Lederhosen aus!
Also, go now there out and draw the bavarians the leather trousers out!

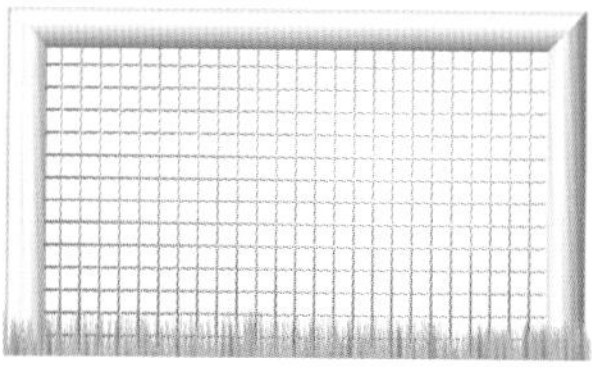

Kleines Zwischenkapitel
Große Reden,
wenn sie in Fränglisch
gehalten worden wären

Little Between Capitol
Great Speeches,
when they in Frenglish
gohold would were

Helmut Kohls Fernsehansprache 1990
Bright Courage Cabbage's Farlookonspeech 1990

Die Deutschen in der Bundesrepublik und in der DDR sind jetzt wieder unauflöslich miteinander verbunden.
The Germans in the coloured republik and in the DDR are now again unuploosely together bound.

Es wird niemandem schlechter gehen als zuvor – dafür vielen besser.
It will nobody badder go as to before – therefore many better.

Durch eine gemeinsame Anstrengung wird es uns gelingen,
Trough a gomineseem onstranging will it us work,

Mecklenburg-Vorpommern und Sachsen-Anhalt, Brandenburg, Sachsen und Thüringen schon bald wieder in blühende Landschaften zu verwandeln,
to wall Meckle-Castle, Before-Pommern and Sexy-Ohnhold, Burning-Castle, Sexy and Dooring already soon again in blowing landshafts,

in denen es sich zu leben und zu arbeiten lohnt.
in these it loans itself to live and to work.

Wo es keinen Unterschied ausmacht,
Where it no undershit outmakes,

ob Saumagen oder Broiler,
if pig stomach or broiler,

ob Blutwurst oder Fettbemme,
if blood sausage or fat bum,

endlich wächst zusammen, was zusammengehört!
endly waxes together what together gohears!

So feiern wir nach 40 Jahren getrennter Hausmannskost …
So fire we after 40 years of trendy house man's cost …

… endlich überall im ganzen Land denselben deutschen Einheitsbrei.
… endly overall in the goose land the self german onehood porridge.

Ich wünsche Ihnen allen einen guten Appetit!
I wish you a good appetite!

Zeit für ein bisschen Sport
Time for a bit Sport

Lernen strengt an.
Learning stranges on.

Darum machen wir immer ein bisschen Sport zwischendurch.
There around make we always a bit sport between through.

Also, mach dir ein bisschen Musik an,
Also, make you a bit music on,

steh auf und mach deine Beine breit,
stand up and make your legs bride,

dann beug dich vornüber ...
then bow in front of over...

... und richte dich wieder auf ...
... and judge you again up ...

... immer abwechselnd!
... always upchanging!

Also, hör auf die Musik ...
Also, hear up the music ...

... und bieg dich nach vorne ... und wieder nach hinten.
... and beagle you after in front of ... and again after behind.

So, jetzt sind wir wieder frisch für die nächste Lektion!
So, now we are again fresh for the next lection!

Kapitel 2
Unterhaltung

Capitol 2
Underholding

adidas

Loddars Top Zehn der Musiktitel	***Loddar's Top Ten of Music Tits***
1. Was soll das? (Herbert Grönemeyer)	What shall this?
2. Aber dich gibt's nur einmal für mich (Nilsen Brothers)	But you gives it only one meal for me
3. Kein Schwein ruft mich an (Max Raabe)	No pig calls me on
4. Wenn i mit dir tanz (Nicki)	When I with you dance
5. Hinter'm Horizont geht's weiter (Udo Lindenberg)	Behind the horizon goes it wider
6. Die da (Fanta 4)	She there
7. Da, Da, Da – Ich lieb dich nicht, du liebst mich nicht (Trio)	There, there, there, I love you not, you love me not
8. 10 Meter geh' (Chris Boettcher)	Ten meters go
9. Resi, I hol di mit meim Traktor ab (Wolfgang Fierek)	Resi, I fetch you with my bulldog up
10. Lebt denn der alte Holzmichel noch? (De Randfichten)	Lives then the old Wood Michael still?

	Loddars Top Zehn der deutschen Filmtitel	*Loddar's Top Ten of German Film Tits*
1.	Bibi Blocksberg	Bibi Block Mountain
2.	Simplizissimus	I
3.	Heidi und ihre Freunde	Beckenbauer's wife and her friends
4.	Im weißen Rößl	In the white pony
5.	Homo Faber	Gay Prosecco
6.	Kondom des Grauens	Parisian of Horror
7.	Krankenschwestern-Report	Ill sisters' report
8.	Lausbubengeschichten	Louse boy stories
9.	Liebesgrüße aus der Lederhose	Love greetings out of the leather shorts
10.	Lissi und der wilde Kaiser	Lissi and the wild Beckenbauer

Der Komödienstadel mit Bauer Beckenfranz
The Comedy Stable with Farmer Poolfrancis

Der gehörnte Ehemann	***The horned Marriage Man***
In den Hauptrollen	***In the main rolls***
der Bauer Beckenfranz	Farmer Poolfrancis
der Knecht Loddar	Knight Loddar
der Bauer Rubengerd	Farmer Carrotgerd
und das Weibsbild Hai-die	and the wife picture Shark-She

Schauplatz ist die Kitzbühel-Hütte vom Bauer Beckenfranz.
Show place is the Kitzbühel-cottage from the Farmer Poolfrancis.

Beckenfranz zu sich selbst: Ja, is denn scho wieder Wein-Nachtsfeier?
Poolfrancis to himself: Yes, is then already again cry nights fire?

Knecht Loddar: Ja, servus Beckenfranz!
Knight Loddar: Yes, service Poolfrancis!

Warum hast du denn deine Zipfelmütze auf?
Why have you then your tail cap on?

Beckenfranz: Weil heute wieder Weinnachtsfeier is, Loddar.
Poolfrancis: Because today is again cry nights fire, Loddar.

Loddar: Aber es ist mitten im Sommer, Bauer Beckenfranz.
Loddar: But it is middle in the summer, Farmer Poolfrancis.

Beckenfranz: Das ist mir reichlich wurscht!
Poolfrancis: That is me richly sausage!

Wenn ich Lust zu feiern hab, dann feier ich!
When I have lust to fire I fire!

Loddar: Aha, und du feierst ganz allein, Bauer Beckenfranz?
Loddar: Aha, and you fire goose alone, Farmer Poolfrancis?

Beckenfranz: Naa, i feier zusammen mit meinem Weibsbild, meiner Hai-die.
Poolfrancis: No, I fire together with my wife picture, my Shark-She.

Ich weiß bloß net, wo die sich grad wieder rumtreibt.
I know only not, where she drives herself straight again around.

Loddar: Ich möchte ja nix sagen …
Loddar: I might yes say nothing …

… aber ich hab sie zusammen mit dem Bauer Rubengerd gesehn.
… but I have seen her together with the Farmer Carrotgerd.

Beckenfranz: Dem Bauer Rubengerd? Wo?
Poolfrancis: The Farmer Carrotgerd? Where?

Loddar: Bei ihm im Haischober!
(Anm. der Red.: bayerisch für Heuschober)
Loddar: By him in the shark show bear!

Beckenfranz: Wie bitte? Beim heiligen Pankratz!
Poolfrancis: How please? By the holy punk rat!

Was macht meine Ehefrau …
What makes my marriage woman …

… mit dem Bauer Rubengerd im Haischober?
… with the Farmer Carrotgerd in the shark show bear?

Loddar: Na, was wohl?
Loddar: Now what well?

Dasselbe, was du mit ihr gemacht hast, als sie noch deine geheime Luftnummer war.
The self what you did with her as she was still your secret airy.

Beckenfranz: Aber ich dachte immer, der Bauer Rubengerd hat was mit der Nacht-Mare!
Poolfrancis: But I thought always the Farmer Carrotgerd has what with the Nightmare!

Loddar: Welche Nacht-Mare?
Loddar: Which Nightmare?

Beckenfranz: Na,die alte Nacht-Mare von der Alm-Straße.
Poolfrancis: Now, the old Night-Mare on Elm Street.

Loddar: Tja, scho lang nimmer,
Loddar: Tyes, already long not more,

die Nacht-Mare is jetzt mit dem Masskrug-Fredi zusammen.
the Nightmare is now together with the Krueger Freddie.

Beckenfranz: Kreizteifinumoi!
Poolfrancis: Crossdevil once again!

Und ich mach hier eine Weinnachtsfeier für sie!
And I make here a cry nights fire for her!

Loddar: Tja, wie sagt die alte Bauernregel?
Loddar: Tyes, how says the old farmer's menstruation?

Wie du mir, so ich dir, armer Bauer Beckenfranz!
How you me, so I you, poor Farmer Poolfrancis!

Beckenfranz: Bluadiga Henadreck!
Poolfrancis: Bloody chicken dirt!

Ich werd zum Hackl-Schorsch gehen ...
I will go to the Axe-George …

… und mir seine größte Axt leihen.
… and lend me his biggest axe.

Dann pack ich mir den Rubengerd und die Hai-die …
Then I pack me the Carrotgerd and the Shark-She …

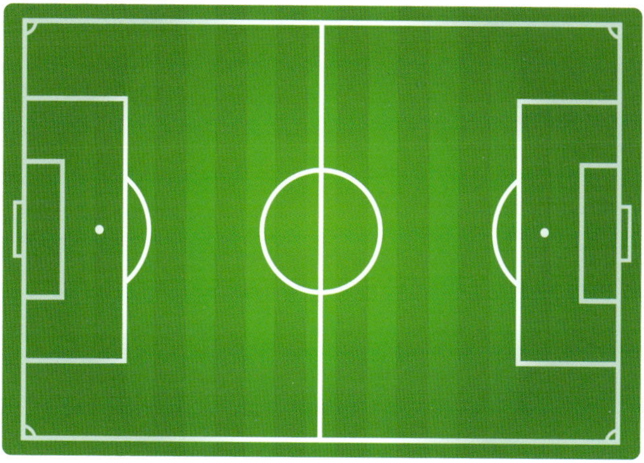

… und zünd beiden eins über …
… and ignite both one over …

... dass es sich gewaschen hat!
... that it has it washed!

Loddar: Aber Beckenfranz, sei net so saudumm …
Loddar: But Poolfrancis, be not so pigstupid …

… beim nächsten Heimatabend …
… by the next homeland-evening …

… gibst dem Burschenverein a Freibier aus …
… you give the boys club a free beer out …

… sollen die ihn in die Mangel nehmen,
… shall they take him in the deficit,

dann bist du raus aus der Nummer!
then you are out of the number!

Beckenfranz: Gar net so blöd, Loddar!
Poolfrancis: Cooked not so stupid, Loddar!

Gute Idee! Wenn des funktioniert …
Good idea! When this functions …

… werd ich mal mit'm Uli reden …
… will I once with Uli speak …

… vielleicht hat er ja an Job für dich als Grün-Halter!
… maybe he has yes a job for you as Greenkeeper!

Loddar und Beckenfranz: Hund samma scho!
Loddar and Poolfrancis: Dogs we are already!

Jogi, der nationale Pflegecoach
Jogi, the National Care Coach

Hallo Jungs, willkommen zu unserer Unterrichtsstunde!
Hello boys, welcome to our underright hour!

I hab extschra einen högschdwichdigen Termin verschieben müssen:
I have must extra push a highestwitty date:

Den Nachfärbetermin …
The after-colour date …

… im Schönheits-Haarstudio.
… in the beauty hair studio.

Aber wie sagte scho Sepp Herberger?
But how said already Jeff Hosteler?

Nach der Spülung isch vor der Spülung!
After the spoiling is in front of the spoiling!

Jungs, wir müssen cremiger spielen,
Boys, we must play creamyer,

wir müssen sensitiver spielen ohne Vitamin-Komplex,
we must play sensitiver without vitamin-complex,

und wir müssen schneller ins Spiel einziehen, ohne zu fetten.
and we must faster draw in the game without fatting.

Heute trainieren wir ein neues Spielsystem:
Today we train a new game system:

Die gestaffelte Puderquaste …
The stuffed powder-squash …

… vor der gecremten Sechserraute …
… before the creamed six-route …

… für geruchsneutralen Spielaufbau …
… for aroma-neutral game upbuilt …

… au im Intimbereich rund um den Elfmeterpunkt.
... also in the intimate berich around the eleven metres point.

Wir kommen in kreisenden Vorwärtsbewegungen …
We come in cruising beforewardmovements …

… über die Nasenflügel.
… over the nose wings.

Dann zeigen sich bald erste Erfolge …
Then show itself soon first hefollows …

… auch bei Problemmischhaut.
… also by problem mix skin.

Jetzt nimmt jeder einen beherzten Sprühstoß aus der Dose …
Now takes everyone a behearted spraypush out of the dose …

… für mehr Sprungkraft in den Angriffshaarspitzen!
… for more spring power in the attack hair tops!

Denn wer nicht fönt, verliert!
Because who not phones loses!

Kapitel 3
Die Macht der Liebe

Capitol 3
The Making of Love

Die Macht der Liebe
The Making of Love

Es ist bloß platonisch.	It's only platformly.
Ich hab mit dir viel gemein.	I have with you much mean.
Du bist mir vielleicht ein Schürzenjäger.	You are me maybe an austrian Folk Musician.
Ich steh nicht auf Blümchensex.	I don't stand on little flower six.
Lass mich um deine Hand anhalten.	Let me hold around your hand on.
Ich will dir nicht die Unschuld rauben.	I don't want to rape you the unguilt.
Pantoffelheld	slipper hero
Zwischen uns is nix gelaufen!	Between us is nothing run!
Ich war gleich Feuer und Flamme.	I was equal fire and flame.
Setz nicht diesen Schlafzimmerblick auf!	Don't set this sleeping room look up!
das schöne Geschlecht	the pretty go-bad
ein rassiges Weibsbild	a racy wife picture
Du alte Zimtziege!	You old cinnamon goat!
Hör auf, du tust mir weh!	Hear up, you do me doublejuh!
Du alte Klatschtante!	You old clapping aunt!
Du Heulsuse!	You howling Susan!
Meine Frau ist ein alter Hausdrachen.	My wife is an old housedragon.
ein böses Weibsstück	an angry piece of wife
Sie hat einen Arsch wie ein Brauereigaul.	She has an ass like a brewery horse.
Ich denke nicht ans Hai-Raten.	I don't think on shark ask.

Frau Lehrerin ist eine alte Schreckschraube.	My teacher is an old horror screw.
stutenbissig	biting like black beauty
eine un-an-geh-nehme Weibsperson	an un-on-go-take wife person
Sie hat mir den Laufpass gegeben.	She has given me the running passport.
Meine Alte hat mir Hörner aufgesetzt.	My old has set me horns on.
Ich hab mir schon die Hörner abgestoßen.	I have pushed me already the horns down.
Ich fühl mich wie der Hahn im Korb.	I feel like the cock in the basket.
Du läufst hinter jedem Rock her.	You run behind every skirt.
ein Schwerenöter	a heavy emergencyer
jemandem den Hof machen	to make someone the court

Loddars Liebeserklärung
Loddar's Love Heclearing

Liebe Edeltraut,
Dear noble trust,

Ich kann nicht beschreiben wie ich mich nach dir sehne.
I cannot bewrite how I muscle myself after you.

Ich bin total verschossen in dich.
I am totally shot in you.

Ich mag deine Art.
I like your art.

Ich mag deinen Stil.
I like your stick.

Ich will dich besitzen.
I want to sit on you.

Kurz – magst du mit mir gehen?
Short – want you with me go?

Deine Augen sind der Hammer!
Your eyes are the hammer!

Dein Körper braucht einen Waffenschein.
Your body needs a weapon shine.

Es haut mir total den Vogel raus, wenn ich dich seh.
Me hits is totally the bird out when I see you.

Ich steh total auf dich!
I stand totally on you!

Ich flieg auch total auf dich.
I fly also totally on you.

Ich möchte mein Leben mit dir teilen.
I want to part my life with you.

Ich will immer für dich da sein!
I want always for you there be

Ich war ja früher ein schlimmer Finger,
I was yes formerly a bad finger,

aber ich verspreche, ich werde niemals fremdgehen.
but I forspeak I will never strange go.

Ich bin keine linke Bazille.
I am no left bacteria.

Ich hab ehrliche Absichten,
I have true downsights,

und ich werde dich nicht enttäuschen.
and I will not end bluff you.

Ich weiß, was ich an dir hab!
I know what I have on you!

Reich mir deine Hand.
Rich me your hand.

Ich werd dir jeden Wunsch von den Augen ablesen.
I will read you every wish from the eyes down.

Ich werd dir das Frühstück ans Bett bringen.
I will bring you the early piece on the bed.

Ich werd dir den Rücken kraulen.
I will freestyle you the back.

Ich werd dir die Zeh'n massieren.
I will massage you the ten.

Und ich werd immer zu dir halten.
And I will always to you hold.

Ich werd dich nie bescheißen.
I will never beshit you.

Schau mir in die Augen, Kleines!
Show me in the eyes, little!

Können diese Augen lügen?
Can these eyes lie?

Ich weiß, du kannst mir gerade nicht in die Augen sehen,
I know you can me straight not see into the eyes,

weil ich ja grad nicht vor dir steh,
because I yes straight not stand before you,

aber glaub mir, ich mein's Ernst!
but believe me, I mean it earnest!

Und zum Beweis frag ich dich:
And to the proof ask I you:

Willst du mich Hai-raten?
Will you me shark-ask?

Dein Loddar
Your Loddar

Kleines Zwischenkapitel
Große Reden,
wenn sie in Fränglisch
gehalten worden wären

Little Between Capitol
Great Speeches,
when they in Frenglish
gohold would were

Edmund Stoiber über den Transrapid, Teil 1
Edmouth Duster over the Transrapid, Part 1

Wenn Sie äh ... vom Hauptbahnhof äh ... in München ...
When you äh ... from the headtrainstation äh ... in Munich ...

... mit 10 Minuten ...
... with 10 Minutes ...

... ohne, dass Sie am Flughafen noch einchecken müssen...
... without that you must still on the flight harbour check in...

... dann starten Sie im Grunde genommen am Flughafen...
... then start you in the ground taken on the flight harbour...

... am am am Hauptbahnhof in München starten Sie Ihren Flug!
... on on on the headtrainstation in Munich you start your flight!

10 Minuten ... schaun Sie sich mal die großen Flughäfen an...
10 Minutes ... show yourself once the big flight harbours on...

... wenn Sie in Heathrow in London oder sonstwo meine sehr Scha ...
... when you in Heathrow in London or elsewhere my very sha ...

Charles de Gaulle in Frankreich oder in äh in in äh in äh Rom ...
Charles de Gaulle in France or in äh in in äh in äh Rome ...

... wenn Sie sich mal die Entfernungen anseh'n
... wenn you you once see the distances on

... wenn Sie Frankfurt sich ansehen
... when you Frankfort you see on

... dann werden Sie feststellen, dass 10 Minuten
... then will you put fix that 10 Minutes

... Sie jederzeit locker brauchen in Frankfurt, um Ihr Gate zu finden.
... you everytime loose need in Frankfurt to find your gate.

Fortsetzung folgt!
Awaysetting follows!

Kapitel 4
Musik war meine erste Liebe

Capitol 4
Music was my first Laugh

OPEL

Ich mag Popp-Musik!
I like Pop Music!

Du kannst mich jagen mit den Kastelruther Spatzen.
You can hunt me with the Castlerooder Sparrows.

Ich schalt weg bei den Wildecker Herzbuben.
I switch away by the Wild Corner Heart Boys.

Ich steh nicht auf die Musik von Maria und Margot Höllenperücke.
I don't stand on the music of Maria and Margot Hell-Whig.

Ich bin kein Anhänger der Original Oberkrainer.
I am no onhanger of the original Overkriners.

Bist du nicht der Hansi Hinterseer?
Are you not the Johnny Afterlaker?

Nein, du bist der Hubert Karpfenteich!
No, you are the Howard Carpendale!

Oder bist du der Wolfgang Fiereck?
Or are you the Wolf Gang Four Corner?

Andy Borg mir was!
Andy, lend me what!

Meine liebsten Fernseh-Moderatoren sind Gottschalk und Jauch.
My loveliest far-see-moderators are God Jerk and Cow Piss.

Schaug hera, Schaug hera! (bayerisch)
Shakira, Shakira!

In der Disco
In the Discotheque

jmd. anmachen	to make s.o. on
Hey, mach mai Alde nedd an!	Hey, don't make my old on!
die bringt es voll	she brings it full
jmd. abschleppen	to slap s.o. up
Heut schlepp ich einen Hasen ab!	Today I slap a rabbit up!
jmd. aufreißen	to rip s.o. up
Heut reiß ich 'nen heißen Feger auf!	Today I rip a hot broom up!
jmd. anbaggern	to digger s.o. on
Schieber tanzen	to dance a pusher
Hosentürlwetzer *(besonders enger Tanz, Anm. d. Red.)*	trouser door rubber

Wie wär's mit 'nem kleinen Schäferstündchen?	How was it with a little shepherd's hour?
eine heiße Sohle auf's Parkett legen	to lay a hot sole on the parquet
das geht ab wie Schmidts Katze	that is going off like smith's cat
Du bist nicht von schlechten Eltern!	You are not from bad parents!
Ich hab die goldene Tanznadel.	I have the golden dance needle.
Du solltest mal einen Tanzkurs machen!	You should once make a dance course!
Holla, die Waldfee!	Holla, the woodfairy!
Ü 40-Party	over-fourty-party
Geschmacksverirrung	taste error
Restevögeln	rest birding
Disco-Fuchs	disco fox
Ich bin ein alter Disco-Fuchs.	I am an old disco fox.
Rüscherl-Time	decoration flower time
Ziemliche Bauerndisco hier!	A quite farmer disco here!
Hier is voll die tote Hose.	Here is full the dead trousers.
Hier geht richtig die Post ab!	Here goes right the mail off!
Türsteher	Doorstander
Stell dich gut mit dem Türsteher.	Put you good with the doorstander.
Lass uns um die Häuser zieh'n!	Let us draw around the houses!
Du musst die Feste feiern, wie sie fallen.	You must the parties fire how they fall.
Fräulein nasses-Oberteil-Wahl	Miss wet-t-shirt-whale

Und jetzt lasst uns das Gelernte anwenden bei:
And now let us the learned onturn by:

Loddars Disco-Flirt
Loddar's Disco Flirt

Letztes Jahr machte ich Urlaub in Russland.
Last year I made holiday in Russland.

Ich ging in eine Disco …
I went into a Disco …

… um ein Mädchen zu mieten ... äh kennenzulernen.
… to meet a girl.

Ich stand nicht lang da rum …
I stood not long there around …

… da sah ich einen richtig steilen Zahn!
… there I saw a real steep tooth!

Sie war eine richtige Schnitte!
She was a real piece of cake!

Sie war nämlich wasserstoffblond ...
She was namely water-stuff-blond ...

… und sie hatte viel Holz vor der Hütte.
… and she had much wood before the cottage.

Ich ging auf sie zu und sagte:
I went on she to and said:

Hallo, du junge Ledige!
Hello, young lady!

Ich würd dir gern einen ausgeben!
I would like to give you one out!

Ich hatte richtig Lambenfieber,
I had real lamp fever,

sooo einen Flattermann!
such a flatterman!

Der russische Zahn antwortete:
The Russish tooth answered:

Soso, du kleiner Schäker!
Soso, you little shaker!

Dann drehte sie sich weg von mir!
Then she turned away from me!

Dabei sah ich: Über ihrem Popo hatte sie ein Riesen-Arschgeweih.
Thereby I saw: Over her popo she had a monster ass horn.

Sie drehte wieder um und sagte zu mir:
She turned round again and said to me:

Hör zu, du kleiner Schrumpfgermane,
Listen to, you little shrinking German,

du gehst mir auf den Keks!
you go me on the cookie!

Aber ich sagte zu ihr: Du siehst zum Anbeißen aus!
But I said to her: You look to onbite out!

Ich hab mein Auge auf dich geworfen.
I have thrown my eye on you.

Was? Ich dachte, du bist andersrum!
What? I thought that you are other round!

Wie bitte?
How please?

Ich dachte, du wärst vom andern Ufer!
I thought that you were from the other beach!

Ich? Dass ich nicht lache! Ich steh bloß auf Frauen!
I? That I not laugh! I stand only on women!

Sie sagte: Komm, mach die Fliege!
She said: Come, make the fly!

Du suchst bloß jemanden zum Aufreißen.
You search only someone to uprip.

Ich sagte: Aber ich bin nicht so!
I said: But I am not so!

Ich bin der famose Loddar, ich bin ein Mann von Welt!
I am the famous Loddar, I am a Man from world!

Loddar, du willst mich doch bloß … (Zensurpiep)!
Loddar, you only want to bird me!

Ich dachte mir: Was ist das denn für ein Frauenzimmer?
I thought me: What is this then for a women's room?

... so eine Giftnudel!
... such a poison noodle!

Aber sie sagte: Ich sehe es genau ...
But she said: I see it exactly ...

Du bist spitz wie Nachbars Lumpi!
You are sharp like neighbours Lassie!

Du Lustmolch!
You lust salamander!

Weißt du? Männer sind alle gleich:
Know you? Men are all equal:

Erst schieben sie dir einen Braten in die Röhre, ...
First they push you a steak into the pipeline, ...

... dann machen sie sich aus dem Staub!
... then they make themselves out of the dust!

Ich sagte: Blöde Schachtel!
I said: Stupid box!

Ich zog ab und soff mir einen an.
I pulled down and drank me one on.

Und was lernen wir daraus?
And what learn we out of this?

Nächstes Jahr mach ich wieder Urlaub am Ballermann!
Next year I make again holiday on the bang man!

Weil da geht immer was!
Because there goes always what!

adidas
FC BAYERN MÜNCHEN

Kapitel 5
Beim Essen

Capitol 5
By the Eating

OPEL

Beim Essen
By the Eating

Guglhupf	google jump
Auszogne	stripped ones
Sacher-Torte	thinger cake
Plätzchen	little place
Nussecke	nut corner
belegtes Brötchen	occupied little bread
Bienenstich	bee stitch
Schwarzwälder Kirschtorte	blackwood cherry cake
Hörnchen	little horn
Wiener Würstchen	vienna sausage
Leberkäse	liver cheese
Obazda	onbuzzed

Ich hab einen Hunger wie ein Wolf.
I have a hunger how a wolf.

Hmm, mir läuft das Wasser im Mund zusammen.
Hmmm, me runs the water in the mouth together.

Sie haben hier eine gute Küche.
They have here a good kitchen.

gutbürgerlich
good citizenly

Es ist ein hübsches Lokal.
It's a pretty local.

… und so gemütlich
… and so mindly

Ich bin ein Feinschmecker.
I am a fine-smacker.

Was steht heute auf der Karte?
What stands on the card today?

Welches Gericht nimmst du?
What court do you take?

Ich will Guglhupf zum Nachtisch.
I want google jump for after table.

Und noch eine Sacher-Torte
And still a thinger cake.

Aber als Hauptgericht nehm ich Leberkäse.
But as main court I take liver cheese.

Dazu eine große Limonade und eine Halbe Bier.
There to a stretch limo and a half beer.

Nein, ich nehm eine ganze Mass.
No, I take a whole mass.

Bist du mit den Öffentlichen hier?
Are you with the publics here?

Nein, ich bin mit dem Auto da.
No, I am with the car there.

Du gehst besser zu Fuß heim.
You go better to foot home.

Wenn sie dich erwischen, musst du blasen,
When they hesweep you you must blow,

und dann gibt's Punkte in Flensburg.
and then it gives points in Cry Castle.

Kapitel 6
Trinken und Alkohol

Capitol 6
Drink and Alcohol

OPEL

Trinken und Alkohol
Drink and Alcohol

Schnaps	snap
Weinbowle	cry bowle
Underberg	under mountain
Jägermeister	hunter master
Asbach uralt	ace creek clock old
Scharlachberg Meisterbrand	scarlet mountain master burn
Zwetschgenwasser	plum water
Weinbrand	wine brand
Branntwein	brand wine
Himbeergeist	raspberry ghost
Schnapsbrennerei	snap burnery
Obstler	fruitler
Blutwurz	blood root
Eierlikör	egg licker
Tequila	tea killer
Trink-Gelage	drinking-go-situation
einen über den Durst trinken	to drink one over the thirst
Bei dir sind Hopfen und Malz verloren.	By you are hops and malt lost.
Du hast aber mächtig Schlagseite.	You have but mighty hitside.
Ich hab den Kanal voll.	I have the chanel full.

Katerfrühstück	Tomcatbreakfast
Wollen wir einen heben?	Want we lift one?
Lass uns die Gurgel ölen.	Let's oil the throat.
Du bist mir vielleicht ein Schluckspecht!	You are me maybe a swallowwoodpecker!
Ich genehmige mir noch einen.	I allow me still one.
Es geht feuchtfröhlich zu.	It goes wethappy to.

Ich hab so 'nen Brummschädel auf.
I have such a humming skull up.

einen hinter die Binde gießen
to pour one behind the carefree

Auf der Wiesn liegen viele Bierleichen rum.
On the lane lie many beer cadavers around.

Du hast einen ganz schönen Zug am Leib.
You have a very pretty train on the body.

Ich hab zu tief ins Glas geschaut.
I looked to deep into the glass.

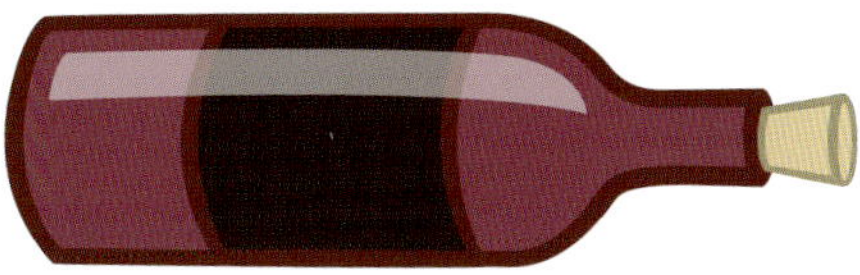

Ich nehm mir noch einen zur Brust.
I take me still one to the breast.

Ich glaub, ich hab einen in der Krone.
I think I have one in the crown.

Ich bin voll bis Oberkante Unterlippe.
I am full until over edge under lip.

Nich' lang schnacken, Kopf in Nacken.
Not long snack, head in neck.

Komm, schwing dich rüber zu mir.
Come, swing you over to me.

Ich trink mir Mut an.	I drink me courage on.
Ich hab einen in der Mütze.	I have one in the cap.
Ich hab 'nen Affen sitzen.	I have a monkey sitting.
Ich bin voll wie tausend Russen.	I am full how thousand Russians.
Ich bin voll im Eimer.	I am full in the bucket.
Die Party fiel voll ins Wasser.	The party fell full in the water.
rotzevoll sein	to be nose water full

Kleines Zwischenkapitel
Große Reden,
wenn sie in Fränglisch
gehalten worden wären

Little Between Capitol
Great Speeches,
when they in Frenglish
gohold would were

Edmund Stoiber über den Transrapid, Teil 2
Edmouth Duster over the Transrapid, Part 2

Wenn Sie vom Flug ... vvvom Hauptbahnhof starten
When you from the flight … fffrom the headtrainstation start

… Sie steigen in den Hautbahnhof ein
… you climb in the headtrainstation in

… Sie fahren mit dem Transrapid in 10 Minuten an den Flughafen in ... an den Flughafen Franz Josef Strauß
… You drive with the transprapid in 10 Minutes on the flight harbour in … on the flight harbour Francis Joseph Bouquet

… dann starten Sie praktisch hier am Hauptbahnhof in München.
… then you start practical here on the headtrainstation in Munich.

Das bedeutet natürlich, dass der Hauptbahnhof im Grunde genommen näher an Bayern, an die bayerischen Städte heranwächst …
That means natural that the headtrainstation in the ground taken ... nearer on Bavaria ... on the Bavarian cities äh ongrows …

… weil das ja klar ist …
… while this yes clear is ...

… weil es auf dem Hauptbahnhof viele Linien aus Bayern zusammenlaufen.
… while it on the headtrainstation many lines out of Bavaria together run.

Außerdem muss ich jetzt ein paar Blumen im Garten hinrichten
Outerthat I must now kill some flowers in the garden

und mich auf die Suche nach dem Problembären machen.
and make me on the search after the problem bear.

Zeit für ein bisschen Sport
Time for a bit Sport

Hallo Fränglisch-Schüler, es ist wieder Sport-Zeit!
Hello Frenglisch schooler, it's again sport time!

Wir nehmen eine alte Zeitung in die Hände,
We take a old timing in the hands,

strecken die Arme aus,
stroke the arms out,

und blättern um.
and bladder around.

Das ist gut für die Oberarme.
That is good for the overarms.

Immer im Rhythmus blättern:
Always bladder in the rhythm:

Eins, zwei, drei, vier!
One, two, three, four!

Jetzt blätter wieder zurück:
Now bladder again back:

Fünf, sechs, sieben, acht!
Five, six, seven, eight!

Jetzt werfen wir sie in den Müll!
Now we throw it in the mull!

Und machen weiter mit der nächsten Lektion.
And make wider with the next lection.

Kapitel 7
Feriengeschichten

Capitol 7
Fairytales

Auf dem Kreuzfahrtschiff
On the Cross Drive Ship

Ich bin hier in Urlaub ...
I am here in clock leaf ...

... und mache einen netten, kleinen Segeltörn.
... and make a nice little seagull turn.

Ich fahre jedes Jahr mit…
I drive with every year…

… weil, wenn du jedes Jahr kommst, dann gibt es Rabatt.
… while, when you come every year, then it gives rabbit.

Auch wenn es mir oft sauschlecht ist …
Also when it's me often piggly bad …

... wegen des Seegangs …
… because of the lake walk …

... bin ich immer gut drauf.
... I am always good on it.

Nun habe ich mich für einen Schnorchelausflug angemeldet.
Now have I me for a snorkel out flight onreported.

Und ich bin sehr neugierig darauf, viele Fische zu sehen.
And I am very newgreedy on it to see many fishes.

Thunfische und Tintenfische,
Do-fishes and ink-fishes,

und vielleicht einige Eingeborene von den Inseln hier.
and maybe some inborns from the islands here.

Ich liebe das Mittelmeer!
I love the middle more!

Ich hoffe nur, ich bekomme keinen Sonnenbrand.
I hope only I get no sunbrand.

Hallo Ober!
Hello Over!

Bringen Sie mir bitte eine Sonnenliege, was zu trinken und Häppchen?
Bring you me please a sun lie, what to drink and happening?

Ich glaube, ich bringe meinen Freunden einige Mitbringsel mit.
I think I bring my friends some withbringsles with.

Ich bin ja nicht so und denk nur an mich selbst.
I am yes not so and think only on me self.

Als Erstes schick ich ein Foto, das ich mit dem Selbstauslöser aufnehme.
As first I send a foto which I take up with the self out loser.

Tja, übermorgen ist es leider wieder zu Ende.
Tyes, overmorning is it sorryfully to end again.

Schade!
Shadow!

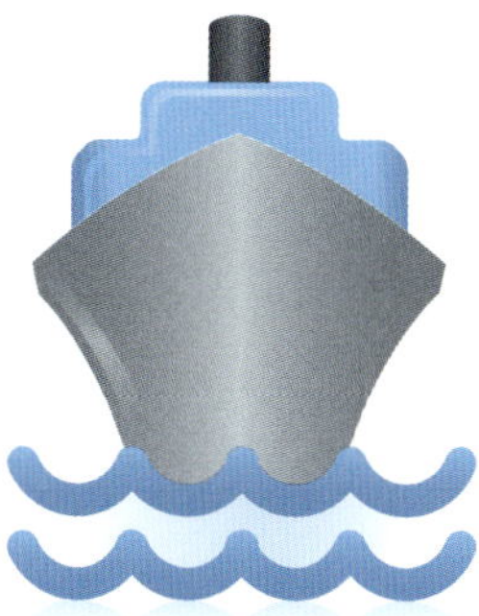

Kapitel 8
Geld regiert die Welt

Capitol 8
Money regears the World

Auf der Bank
On the Bank

Geheimzahl	go home number
Bargeld	bar money
bargeldlos	bar money loose
auszahlen	out pay
Devisen	thosemeadows
Geldanweisung	money onwising
Geldschein	money shine
Überweisung	overwising
Unterschrift	underwriting
Wechselkurs	change course
Zahlung	numbering
einen Scheck einlösen	to lose in a check
einen Scheck ausstellen	to output a check
Darf ich Ihren Ausweis sehen?	May I see your outwise?

Geschäftsenglisch
Shop-English

Geschäft ist Geschäft.	Shop is shop.
Der Laden brummt.	The shop is grumbling.
Kuhhandel	cow deal
Saftladen	juice shop
Heuschrecke	hay shrek
Börsenhai	purse shark
Börsenkrach	purse noise
Saure-Gurken-Zeit	sour cucumber time
Tante-Emma-Laden	aunt Emma shop
das kommt davon	that comes there from
das geschieht dir recht	that happens you right
sehr ausgefuchst sein	to be very outfoxed
Du kommst noch ganz groß raus!	You come still whole great out!
Hier brennt die Hütte!	Here burns the hut!
Jetzt g'hörst da Katz! (bayer.)	Now you belong the cat!
Unternehmer	undertaker

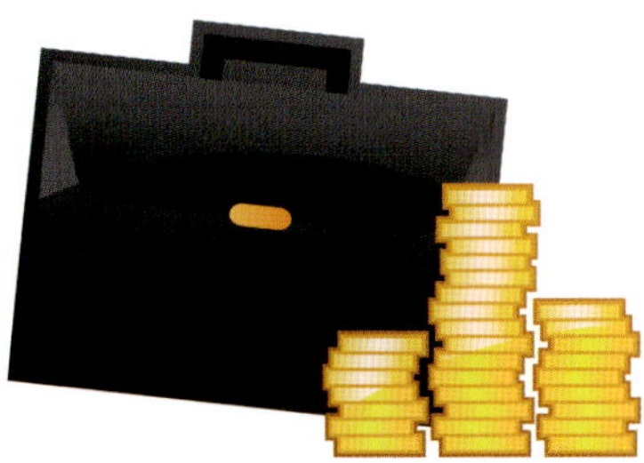

Kapitel 9
Servus, Grüß Gott und Auf Wiedersehen

Capitol 9
Service, greet God and up Againsee

Servus, Grüß Gott und Auf Wiedersehen
Service, greet God and up Againsee

Mach's gut!	Make it good!
Komm gut heim!	Come good home!
Komm gesund wieder!	Come healthy again!
Wie geht es dir?	How goes it you?
Ich wünsch dir was.	I wish you what.
Bis gleich!	Until equal!
Schön, dass du vorbeischneist!	Beautiful that you snow by!
Komm rechtzeitig nach Haus.	Come righttimy after house.
Bis zum nächsten Mal.	Until to the next meal.
Pass auf dich auf!	Pass on you up!
Wir sehen uns morgen in alter Frische!	We see us tomorrow in old freshness!
Reisende soll man nicht aufhalten.	Travellers should man not uphold.
Man sieht sich.	Man sees himself.
Halt die Ohren steif!	Hold the ears stiff!
Sei pünktlich!	Be pointly!
Schau mal wieder vorbei.	Look once again by.
Schön, dich zu sehen!	Beautiful you to see!
Du schaust aber gut aus!	You look but good out!
So jung kommen wir nicht mehr zusammen.	So young come we not more together.

Nun lasst uns einige Fränglische Sprichwörter lernen.
Now let's learn some Frenglisch speak words.

Wir wollen ja nicht so sein …
We want yes not so be …

… und geben hier auch eine Übersetzung für unsere englischsprachigen Leser an.
… and give here also some oversettings for our english-speaky lasers on.

Kleines Zwischenkapitel
Große Reden,
wenn sie in Fränglisch
gehalten worden wären

Little Between Capitol
Great Speeches,
when they in Frenglish
gohold would were

Giovanni Trapattoni über den FC Bayern
Johnny Trapper Tony over the FC Bavaria

Ein Trainer ist nickt ein Idiot. Ein Trainer zeigt sehn was passiere in Platz.
A coach is not an idiot. A coach shows see what happens in place.

Es gibte Spieler wie zwei und drei diese Spieler ware schwach wie eine Flasche leer.
It givesä player like two or three those player were weak like a bottle empty.

Habe Sie gesehe Mittwoch, welche Mannschaft at gespielte Mittwock?
Have you see midweek, what manhood has playede midweek?

Hat gespielte Mehmet or at gespiele Basler or hat gespielt Trapattoni?
Had playede Mehmet or has playede Basler or has played Trapper Tony?

Diese Spieler beklage mehr alse Spiel (sniff)
Those player complaine more asä ... play (sniff)

Strunz! Strunz is zwei Jahre hier hat gespielt zehne Spiel ... is immer verletzt ... was erlaube Strunz?!
Strunz! Strunz ist two years here has play tenäh game ... is always hurt ... what allowe Strunz?!

Ick habe fertig!
I have ready!

Kapitel 10
Auf der Straße unterwegs

Capitol 10
On the Street underway

OPEL

Auf der Straße unterwegs
On the Street underway

Anlasser	onletter
Scheibenwischer	disc wiper
Kofferraum	suitcase room
Reifen	ripes
Reifendruck	ripes print
Werkstatt	factory instead
Bremsweg	brake way
Kotflügel	shit wing
Gangschaltung	corridor switching
Rückspiegel	back mirror
Nummernschild	number shield
Er-satzrad	he-sentence wheel
Kennzeichen	know sign
Rückbank	back bank
Schlangenlinien fahren	to drive snake lines
Handschuhfach	hand shoe case
Waschstraße	wash street
Nebelscheinwerfer	fog shine thrower
Abblendlight	down blend light
Suchscheinwerfer	search shine thrower

Führerschein	leader shine
Warndreieck	warn three corner
Verkehrsverein	sex club
Depperltest	George W.'s test
Kühlerhaube	cooler cap
Boxermotor	Muhamad Ali's motor
Bremsleitung	brake leadership
Öldruck	oil print
Stoppschild	stop shield

Kreisverkehr	circle sex
Vorfahrt	before drive
überholen	to overfetch
Überholvorgang	overfetch-before-walk
rechts vor links	right in front of left
Landstraße	land street
Mittelleitplanke	middle lead plank
Überholspur	overfetch trace
einfädeln lassen	to let inthread
Stau	stow
Schlagloch	hit hole
Autoschlange	auto slang
Zylinderkopfdichtung	top hat head poetry
Umleitung	around leading
Umgehungsstraße	around walking street
er fährt immer dichter auf	he drives always poet up
Verkehrs-Rowdie	traffic rough she
den Vogel zeigen	to show the bird
technischer Überwachungsverein	technical overwaking club
Fahr zu!	Drive to!

Wie kann man nur so blöd parken?
How can man only so foolish park?

Schon wieder so ein doofer Aufschreiber!
Again such a stupid upwriter!

Du fährst vielleicht einen Stiefel zusammen!
You drive maybe a boot together!

Auf der Polizeiwache
On the Police Wake

Letzte Woche stoppte mich eine Polizeistreife.
Last week stopped me a Police-Stripe.

Der Bulle sagte: Sie sind bei Rot über die Ampel.
The bull said: You are by red over the ample.

Ich sagte, das kann unmöglich sein!
I said that can impossible be!

Ich bin der rücksichtsvollste Autofahrer!
I am the backsight-fullest car driver!

Aber der Polyp bestand darauf, meinen Führerschein zu sehen.
But the octopus stood on it to see my leader shine.

Dann sagte er: Tut mir leid, aber Sie müssen blasen …
Then he said: It does me sorrow, but you must blow …

… und dann müssen Sie auf diesem Strich gehen.
… and then you must walk on this line.

Wie bitte? Ich soll blasen und auf dem Strich gehen? Ich zeig Sie gleich an, Sie Ferkel!
How please? I shall blow and then walk on the line? I show you at once on, you little young pig!

Er sagte: Wie sprechen Sie denn mit einem Polizisten? Das gibt auch noch eine Anzeige!
He said: How speak you then with a policeman? That gives also an onshow!

Er war jetzt fuchsteufelswild und legte mir Handschellen an,
He was now fox-devils-wild and lied me hand bells on,

dann schubste er mich in den Streifenwagen …
then he pushed me into the stripe car …

… und brachte mich auf die Wache.
… and brought me on the wake.

Was soll ich sagen? Ich musste sogar dort übernachten.
What shall I say? I had even to overnight there.

Und es gab nur Haferschleimsuppe zum Frühstück.
And it gave only oat slime soup to the early piece.

Am nächsten Morgen sagte ich zum Polizisten: Sorry, ich wollte Sie nicht beleidigen.
On the next morning I said to the policeman: Sorry, I didn't want to besorrow you.

Ich habe nur Ihre Aufforderung in den falschen Hals bekommen.
I only got your updemanding in the wrong neck.

Sie setzten mich auf freien Fuß, aber sie behielten meinen Führerschein.
They set me on free foot, but they beholded may leader shine.

Jetzt muss ich zu Fuß gehen, selber schuld!
Now I have to go to foot, self guilty!

Kapitel 11
Kunst kommt von Können

Capitol 11
Art comes from Can

Meine lieben Kunstinteressierten,
My dear Art-interesteds,

da der Kunstprofessor heute kurzfristig erkrankt ist,
because the art professor is today shortfristly he-illed,

darf ich Sie durch diese wunderschöne Ausstellung führen.
may I lead you through this wonderpretty out-position.

Hier sehen wir ein eindrucksvolles Bild von ... warten Sie,
ich muss selbst kurz nachlesen ... ach ja, ein spanischer Künstler.
Here we see a inpressfull picture of ... wait, I must self short afterread ...
oh yes, a Spanish artist.

Oh, er muss ein begeisterter Kartenspieler gewesen sein,
denn sein Name ist Pik-Ass-o.
Oh ... he must have been a beghosted card player,
because his name is Picasso.

Er ist leider nicht mehr unter uns, wie ich hier lese,
He is sorrowly not more under us how I read here,

weil er schon 1973 seinen Löffel abgegeben hat.
because he has already 1973 given his spoon up.

Hier steht, er war der Begründer des Kubismus.
Here stands he was the begrounder of Cubism.

Komisch, weil er kommt gar nicht aus Kuba.
Comical, because he comes even not out of Kuba.

Lassen Sie uns zum nächsten Kunstwerk gehen.
Let's go to the next artwork.

Das hier ist ein berühmter Bildhauer.
This here is a famous Picture Boxer.

Sein Name ist Henry Moore, vielleicht ist er der Bruder
oder Vetter von Roger Moore.
His name is Henry Moore, maybe he is the brother or fatter from Roger Moore.

Ich weiß es nicht, aber er macht große Denkmals.
I know it not, but he makes big think-onces.

Schau'n Sie hier: Diese große nackte Frau ist aus Bronze!
Look here: This big naked woman is out of the Bronx.

Ich glaube, das ist der Kopf und das ist der Hintern,
vielleicht ist es auch andersrum.
I think, this is the head and this is the ass, maybe is it also otherround.

So, wieder was gelernt!
So, again what learned!

Wenn Sie mir bitte zum nächsten Künstler folgen wollen.
Wo sind Sie denn alle?
When you please want follow me to the next artist. Where are you then all?

Egal, die nächsten Künstler sind Josephs Jungs.
Equal, the next artists are the Joseph Beuys.

Schauen Sie sich das an:
See you this on:

Das ist nicht etwa ein alter verfaulter Big Mac, das ist eine Plastik vom Joseph.
This is not an old rotten Big Mac, this is a plastic from Joseph.

Für diesen Mist will der 5 Millionen Kröten haben!
For this rubbish he wants to have 5 million frogs!

Nur Fußballer wie ich kriegen mehr Geld für so wenig Arbeit!
Only footballers how I get more money for so few work!

Aber wem erzähl ich das?
But whom tell I that?

Es ist sowieso keiner mehr da.
It is so how so nobody more here.

Nun gut, dann geh ich auch wieder heim, nix für ungut!
Now good, then go I also again home, nothing for ungood!

Kleines Zwischenkapitel
Große Reden,
wenn sie in Fränglisch
gehalten worden wären

Little Between Capitol
Great Speeches,
when they in Frenglish
gohold would were

Angela Merkel vor dem amerikanischen Kongress
Angela Noticel before the Americanish Congress

Ich habe mich, wie viele andere Tee-Nager auch,
I have myself how many other tea-biters also,

begeistert für Jeans einer bestimmten Marke,
beghosted for Jeans of a bevoiced mark,

die es in der DDR nicht gab
that it in the DDR not gave

und die mir meine Tante aus dem Westen regelmäßig geschickt hat.
and that my aunt out of the west has sent me rulemoderate.

Ich habe mich begeistert für die Weite der amerikanischen Landschaften,
I have me beghosted fort he wideness of the americanish landshaft

die den Geist der Freiheit und Unabhängigkeit atmen.
that breathe the ghost of freehood and unuphangyness.

Gleich 1990 sind mein Mann und ich das erste Mal in unserem Leben nach Amerika geflogen, nach Kalifornien.
Equal 1990 my man and I the first meal in our life are flown after America, after California.

Niemals werden wir den ersten Blick auf den Pazifischen Ozean vergessen.
Nevermeals we will forget the first view on the Pazi-fish Ocean.

Er war einfach grandios.
It was onecase grandious!

Kapitel 12
Loddars Schatzkästchen nützlicher Redewendungen

Capitol 12
Loddar's sweetheart little Box of nutty Talk Turns

Ein feiner Zug ...

Loddars Schatzkästchen nützlicher Redewendungen
Loddar's sweetheart little Box of nutty Talk Turns

Ich glaub, ich spinne.	I believe I spider.
Schwamm drüber!	Sponge over!
So bin ich einfach.	So am I simple.
Mir geht's nass nei. (bayer.)	Me goes it wet in.
Schmerz, lass nach.	Pain, let after.
Guter Rat ist teuer.	Good bicycle is expensive.
Das ist saudumm gelaufen.	This is pigstupid run.
Kein Thema!	No theme!
Meine Rede!	My speech!
Herrschaftszeiten! (bayer.)	Dominance times!
Guter Einwand.	Good one wall.
Das ist einwandfrei.	That is one wall free.
Ich bin echt geladen!	I am really electric!

Nimm das nicht auf die leichte Schulter!
Don't take this on the easy shoulder!

Es ist höchste Eisenbahn.
It's highest railway.

Das ist ein feiner Zug von dir!
It's a fine train from you.

Du grinst wie ein Honigkuchenpferd.
You grin like a honey-pie-horse.

Da hast du wieder Schwein gehabt!
There have you again pig had!

Das war nicht das Gelbe vom Ei.
That was not the yellow from the egg.

Geben Sie's zu, Sie sind ein Schwarzfahrer.
Give it too, you are a blackdriver.

Es läuft mir eiskalt den Rücken runter.
It runs me icecold the back down.

Ich werd den Teufel tun!	I will the devil do!
Mein lieber Herr Gesangsverein!	My dear mister singing club!
Schick dich ein bisschen.	Send you a bit.
zwei Fliegen mit einer Klappe schlagen	to hit two flies with one clap
Ich hab meine Zeit nicht gestohlen.	I have my time not stolen.
Geh mir nicht auf die Nerven!	Don't walk me on the nerves!
Da geht nix drüber.	There goes nothing over.
Mir geht ein Licht auf.	Me goes a light on.
Du bist schwer in Ordnung.	You are heavy in order.
Da könnte ja jeder kommen!	There could yes come everybody!
Immer mit der Ruhe.	Always with the silence.
Fang endlich an!	Catch endly on!
Mach die Tür zu, es zieht.	Make the door to, it pulls.
Das ist mir so was von wurscht!	That is me so what from sausage!

Ich pfeif schon ausm letzten Loch.
I whistle already out of the last hole.

Ich bin mit meinem Latein am Ende.
I am with my Latin on the end.

Ich wünsch dir eine fröhliche Weihnacht.
I wish you a happy wine eight.

Es hört einfach nicht auf zu regnen.
It hears simply not up to rain.

Das interessiert mich überhaupt nicht!
That interests me overmain not!

Jetzt schaust du dumm aus der Wäsche!
Now you look stupid out the laundry!

Das hab ich mir selbst beigebracht.
That have I me self by brought.

Wie ein Schluck Wasser in der Kurve.
Like a sip of water in the curve.

Ich bin total aus dem Häuschen.
I am totally out of the little house.

Da ist ganz schön die Kacke am Dampfen.
There is whole beautiful the shit steaming.

Ruhe im Karton!	Silence in the box!
Ein alter Mann ist kein D-Zug.	An old man is not a D-train.
mit allen Wassern gewaschen	with all waters washed
Da bist du auf dem Holzweg.	There are you on the woodway.
Das war voll für den Arsch.	That was full for the ass.
Rühr dich, wenn es so weit ist.	Stir you when it so far is.
Das ist alles halb so wild.	That is everything half so wild.
Ich sag's kurz und prägnant	I say it short and pregnant.
Das schießt den Vogel ab!	That shoots the bird off!
Mir fällt ein Stein vom Herzen.	Me falls a stone from the heart.
Mach dir keinen Kopf!	Don't make you a head!
Ich versteh bloß Bahnhof.	I understand only train station.
Schäm dich was!	Shame you what!
Reiß dich endlich zusammen.	Zip you finally together.
Ich war auf der Oberschule.	I was on the waiter school.
Ich bleib am Ball.	I stay on the ball.

eine Rede schwingen	to swing a speech
Holzauge, sei wachsam!	Wood-eye, be careful!
Nachtigall, ick hör dir trapsen!	Nightingale, I hear you hopping!
Ich nehm's auf meine Kappe.	I take it on my cap.
Ich halt dich auf dem Laufenden.	I hold you on the running.
Das gibt's ja nicht!	That gives it yes not!
Das geht auf keine Kuhhaut.	That goes on no cow skin!
Bind mir keinen Bären auf!	Don't bind me a bear up!
Ich hab viel um die Ohren.	I have much around the ears.
Doppelt hält besser.	Double holds better.

Bitte drücken Sie sich deutlicher aus.
Please press you exactlier out.

Und ich schaute mit dem Ofenrohr ins Gebirge.
And I looked with the oven pipe into the mountains.

Ich hab immer den richtigen Riecher.
I have always the right smeller.

Jetzt mal ganz ehrlich unter uns Betschwestern!
Now very honest under us praying sisters!

Das darf aber jetzt nicht wahr sein!
This may but now not be true!

Ich kann dir keinen Wunsch abschlagen.
I can hit you no wish down.

Du ziehst ganz schön vom Leder.
You pull whole beautiful from the leather.

Sach ma: hast du einen fahren lasssen?
Say once: have you let one drive?

Können Sie bitte kurz auf mein Gebäck achtgeben?
(Fränglische Besonderheit)
Can you please shortly give eight on my biscuit?

Wie sieht es denn hier wieder aus?
How looks it then here again out?

Das geht mir echt an die Nieren.
This goes me really on the kidneys.

Ich will nicht lange in der Warteschlange stehen.
I don't want to stand long in the waiting snake.

Ich steh mir hier die Beine in den Bauch.
I stand me here the legs in the belly.

Du schaust wie a Eichhörnchen, wenn's blitzt.
You look like a squarrel when it flashes.

Jetzt mal Butter bei die Fische.	Now butter by the fishes.
Ich riech den Braten.	I smell the steak.
Oberwasser haben	to have upper water
jemanden nachäffen	to monkey somebody after
Ich geb mir gleich die Kugel.	I give me equal the ball.
Da hast du die Bescherung!	There you have the Christmas!
etwas über den Haufen werfen	to throw something over the heap
der Hahn im Korb sein	to be the cock in the basket
Ich leb nicht hinterm Mond.	I live not behind the moon.
Ich fühl mich total gerädert.	I feel me totally bicycled.
in diesem Zusammenhang	in this togetherhang
Ich seh schwarz für dich.	I see black for you.
Wo kommen wir denn da hin?	Where come we then there to?
Ich schmeiß mich weg!	I throw me away!
Ich hab wirklich keinen Bock.	I have really no capricorn.
Ich trau mich nicht.	I marry me not.
Was haben wir gelacht!	What have we laughed!
Ich lach mir einen Ast.	I laugh me a branch.
Da kannst du Gift drauf nehmen!	There can you take gift on it!
auf keinen Fall	on no fall
ein Wechselbad der Gefühle	a change-bath of emotions
um die Ecke denken	to think around the corner

totally from the Socks

Man lernt niemals aus.	Man learns never out.
Was hältst du davon?	What hold you from this?
Es war sehr un-an-geh-nehm.	It was very un-on-go-take.
Des passt scho! (bayer.)	It fits already!
klipp und klar	cliff and clear
Bist du auch Ungar?	Are you too hungy?
Jetzt wird's eng.	Now becomes it narrow.
Ich bin total von den Socken!	I'm totally from the socks!
Jetzt haben wir den Salat.	Now we have the salad.
Das find ich auch!	That find I also!
viel Rauch um nichts	a lot of smoke around nothing

Wie geil ist das denn?	How horny is that then?
So ein Sauwetter!	So a pig-weather!
Er ist besser als sein Ruf.	He is better than his shout.
Nichts für ungut!	Nothing for ungood!

Es ist sehr ursprünglich hier.
It is very clockjumply here.

Man sollte es nicht für möglich halten.
Man should it not for possible hold.

Das macht das Kraut auch nicht mehr fett.
That makes the crowd also not more fat.

Da liegt der Hase im Pfeffer.
There lies the rabbit in the pepper.

Ich hab im Moment viel um die Ohren.
I have in the moment much around the ears.

Ich genieß mein Leben in vollen Zügen.
I enjoy my life in full trains.

Du strahlst wie ein Honigkuchenpferd.
You beam like a honey-cake-horse.

Ich weiß, wie der Hase läuft.
I know how the rabbits runs.

Ich krieg's wirklich nicht gebacken.
I really don't get it baked.

Ich hab zurzeit ziemlich Stress an der Backe.
I have to time quite stress on the cheek.

I have it a little bit eggly.

Da drüber könnt ich mich totlachen.
Thereover I could me deadlaugh.

Da stehen mir alle Haare zu Berge.
There stand me all hairs to the mountains.

Mein Englisch macht mir so schnell keiner nach.
My english makes me so fast nobody after.

Entschuldigung, ich hab's ein bisschen eilig.
Sorry, I have it a little bit eggly.

Wir kommen in Teufels Küche.
We come in devil's kitchen.

Jetzt ist der Ofen aus.
Now is the oven out.

Ich bin sauschlecht drauf.
I am pigbad on it.

Das kommt überhaupt nicht in die Tüte.
That comes overhad not in the bag.

Du kannst mir den Buckel runterrutschen.
You can slide me the back down.

Das geht dich einen feuchten Dreck an.
That goes you a wet dirt on.

Mach hier keinen auf dicke Hose.
Don't make here one on thick trouser.

Mach nicht so ein Affentheater.
Don't make such a monkey theatre.

Mein lieber Freund und Kupferstecher.
My dear friend and copper stitcher.

Ich glaub, mein Schwein pfeift!	I believe my pig whistles!
Du machst mich rasend.	You make me racing.
Du Scherzkeks!	You joke cookie!
Du Hanswurscht!	You John Sausage!
Das geht mir am Arsch vorbei.	That goes me on the ass along.
Schau, dass du Land gewinnst.	See that you win land.
Du greisliger Dorfdepp! (bayer.)	You ugly village fool!
Du kriegst gleich eine Backpfeife!	You get equal a bake pipe!
Du hast echt einen Schuss.	You have really a shot.
Du hostas gnau beinanda! (bayer.)	You have it exactly together!
Du ausgschamda Pfenningfuchsa! (bayer.)	You outshamed penny-foxer!
Aus dir mach ich Kleinholz!	Out of you I make little wood!
Ich bin echt geladen!	I am really electric!

Das interessiert mich nicht die Bohne.
That interests me not the bean.

Dumm geboren und nichts dazugelernt.
Stupid born and nothing to learned.

Du bist ma so a Bauernfimfa! (bayer.)
You are me such a farmer's fiver!

Lass mich in Ruh', du Haubentaucher!
Let me in quiet, you cap diver!

I bin net auf der Brennsuppn dahergeschwumma! (bayer.)
I did not swim here on the burning soup!

Sacklzementnochamol! (Fränglische Besonderheit)
Little bag of cement one more time!

Ich glaub, du hast den Arsch offen!
I believe you have the ass open!

Du kannst mir meinen Turnschuh aufblasen!
You can blow me my sport shoe up!

Lass mal die Kirche im Dorf.
Leave once the church in the village.

Das ist ja die Höhe!	That is yes the highness!
Sauba, do legst di nieda! (bayer.)	Clean, there you lie down!
Do haut's ma ja an Vogel naus! (bayer.)	There it hits me yes the bird out!
Das hast du dir so gedacht!	That have you you so thought!
Gib nicht so an!	Give not so on!
Ich hab die Nase gestrichen voll!	I have the nose painted full!

Erzähl mir nicht die Story vom Pferd.
Don't tell me the story from the horse.

Du willst mich aufn Arm nehmen.
You want to take me on the arm.

Ich geb dir voll eins auf die Zwölf!
I give you full one on the twelve!

Ich hab meinen Abschluss nicht auf der Baumschule gemacht.
I did not make my down end on the tree school.

Komm mir nicht so, ich bin nicht von gestern!
Come me not so, I am not from yesterday!

Du bekommst einen Satz heiße Ohren.
You become a sentence of hot ears.

Story from the Horse

Ich krieg an Vogel!	I get a bird!
Himmel, Arsch und Wolkenbruch!	Sky, ass and cloudbreak!
Gegen mich siehst du alt aus.	Against me you look old out.
Halt mal die Luft an!	Hold once the air on!
Du kannst mich mal!	You can me once!
Du mich auch!	You me too!
Bluadiga Henadregg! (bayer.)	Bloody chicken dirt!
Scher dich zum Teufel!	Scissor you to the Devil!
Geh, lass mer mei Ruah! (bayer.)	Walk, let me my quiet!
Da wennst mer net gehst! (bayer.)	There when you me not go!
Das halt ich im Kopf nicht aus.	This hold I in my head not out.
Du haust mich nicht übers Ohr.	You hit me not over the ear.
Das kannst du dir abschminken.	This can you make up you down.
Schau mich net so blöd an.	Look me not so stupid on.
Du hast einen Sprung in der Schüssel.	You have a jump in the bowl.

Scheiß der Hund drauf!
Shit the dog on it!

Du hast 'ne Schraube locker.
You have a screw loose.

Du bist mir vielleicht ein Weichei und Warmduscher!
You are me maybe a softegg and warmbrowser!

Den kannste in der Pfeife rauchen.
Him can you in the pipe smoke.

Das geht dich nichts an.
That goes you nothing on.

Jetz eier nich' so rum, sag endlich, was ist.
Now egg not so around, say finally what is.

Du bist mir vielleicht ein Dampfplauderer.
You are me muchlight a steam chatter.

the Fire Who

Ich geb Dir gleich eins auf die Nuss!
I give you soon one on the nut!

Schau, dass d' weiderkimmst! (bayer.)
Look that you come further!

Da scheiß ich mir gar nix.
There I shit me nothing.

Du bist net ganz sauber! (bayer.)
You are not whole clean!

Pass bloß auf!
Passport only up!

Host mi? (bayer.)
Do you have me?

Loddars Sprichwörter
Loddar's Speak Words
Loddar's Sayings

Hunde, die bellen, beißen nicht. (deutsch)
Dogs that bell bite not. (fränglisch)
His bark is worse than his bite. (englisch)

Was ich nicht weiß, macht mich nicht heiß.
What I not know makes me not hot.
What you don't know won't hurt you.

Man soll Gott für alles danken, auch für einen Oberfranken.
One shall god for all thank, also for an overfrank.
(gives it not in English, Anm. d. Red.)

Steter Tropfen höhlt den Stein.
Standing drop caves the stone.
Constant dripping wears away the stone.

Wer andern eine Grube gräbt, fällt selbst hinein.
Who others a hole digs falls self in.
Harm set, harm get.

Alter schützt vor Torheit nicht.
Older saves before gateness not.
No fool like an old fool.

Wie du mir so ich dir.
How you me so I you.
Tit for tat.

In der Kürze liegt die Würze.
In the shortness lies the Maggi.
Brevity is the soul of whit.

Außen hui, innen pfui.
Outside hui, inside pfui.
All show and no substance.

Wichtige Hauptwörter
Witty Head Words

Fernsehturm	farlooktower
Strafvollzug	punishfulltrain
Eingangshalle	ingangs hall
Feuerwehr	fire who
die Machthaber	the power havers
Fronleichnam	happy cadaver day
Zwiebeltürme	onion towers
Schlafanzug	sleepontrain
Grünanlage	green investment
Grenzverkehr	boarder sex
Geheimratsecke	gohomeadvicecorner

Kapitel 13
Gesundheit und Krankheit

Capitol 13
Sanehood and Illhood

adidas

Gesundheit und Krankheit
Sanehood and Illhood

Ferse	verse
Schienbein	rail leg
Knie	knever
Schlüsselbein	key leg
Krankenhaus	ill house
Krankenkasse	ill cash
Krankenschein	ill shine
Krankenwagen	ill car
Krankenschwester	ill sister
Speiseröhre	food pipeline
Sprechstunde	speak hour
Stuhlgang	chair walk
Trommelfell	drum fur
Untersuchung	undersearching
verschreiben	misswrite
Weisheitszahn	wisehood tooth
Nasenbeinbruch	nose leg break
Unterleib	under body
Ellenbogen	Ellen's bow
bewusstlos	aware loose

Blase	blaze
Ge(h)hör	golisten
Facharzt	case doctor
Ge(h)lenk	goguide
Ge(h)schlechtsorgane	go bad organs
Ge(h)sicht	go sight
Hals und Beinbruch	neck and leg break
Silberblick	silver look
Herzschrittmacher	heart step maker
sich erbrechen	hebreak oneself
Ist es ansteckend?	Is it onsticky?
Ausschlag	outbeat
Blähungen	blowings
Blutung	blooding
Blutvergiftung	blood gifting
Brechreiz	break charm
Du verursachst bei mir Brechreiz.	You clockthing by me break charm.
Durchfall	through fall
Erkältung	hecolding
Fehlgeburt	failbirth
Gehirnerschütterung	brainshaking
Gehirnschlag	brain beat

Gelbfieber	yellow fiber
Gelbsucht	yellow searches
Ge(h)schlechtskrankheit	go bad illness
Ge(h)schwüre	goswears
heiser	hotter
Herzanfall	heart onfall
Heuschnupfen	hay sniff
Hexenschuss	witch shot
Hühnerauge	chicken eye
Kreislaufzusammenbruch	circleruntogetherbreak
Lebensmittelvergiftung	lifemiddlegifting
Mandelentzündung	almond ignition
Ohnmacht	without power
Nasenbluten	nose blooding
schlaflos	sleeploose
Schlaganfall	beat onfall
Schüttelfrost	shake frost
Seitenstechen	side stitch
Sonnenstich	sun stitch
Stirnhöhlenentzündung	forehead cave ignition
niedriger Blutdruck	low blood print

Im Krankenhaus/Beim Doktor
In the Ill House/By the Doctor

Ich hab ein Aua.	I have an hour.
Mir tut der Kopf weh.	Me does the head doublejuh.
Ich hab Schädel-Weh.	I have skull doublejuh.
Ich bin so appetitlos.	I am so appetiteloose.
Und ich glaub, ich hab Fieber.	And I think I have fiber.

Hier hab ich so hässlichen Ausschlag.
Here I have such ugly outbeat.

Vielleicht habe ich eine Lungenentzündung.
Maybe I have a lung ignition.

Der Doktor kommt gleich zur Untersuchung.
The doctor comes equal to the undersearching.

Machen Sie Ihren Arm frei.
Make your arm free.

Schwester, ich will keine Spritze!
Sister, I want no splash!

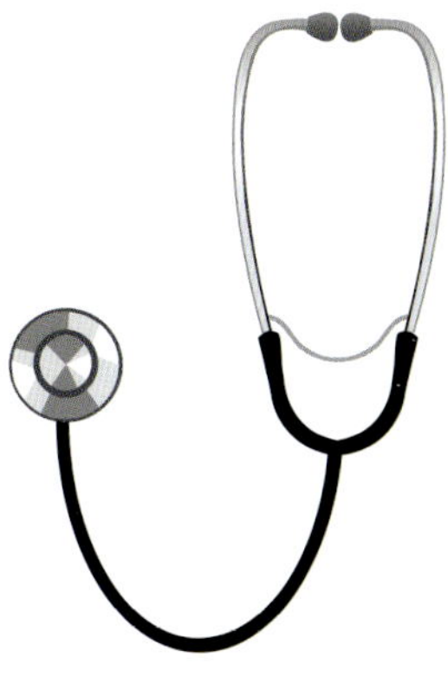

Ich häng Sie an die Flasche.
I hang you on the bottle.

Wir müssen die Mandeln rausnehmen.
We have to take the almonds out.

Geben Sie mir bitte eine Schmerztablette.
Give me please a hurt pill.

Trinken Sie dreimal täglich diesen Blasentee.
Drink three paint daily this blow tea.

dem Tod von der Schippe springen
to jump the dead from the shovel

Das Zimmer ist belegt.	The room is belayed.
Sind Sie Kassenpatient?	Are you cash patient?
Halten Sie Ihren Atem an.	Hold your breath on.
Ich verordne acht Tage Bettruhe.	I order eight days bed quiet.
Ich geh schon auf'm Zahnfleisch.	I go already on the tooth flesh.
Es hat mich erwischt.	It has me catched.
Steck mich nicht an.	Don't stick me on.
Ich bin schwach auf der Brust.	I am weak on the chest.
Wann darf ich aufstehen?	When may I upstand?
Ich muss das Bett hüten.	I must herd the bed.
Fünf Tage nur Schleimsuppe.	Five days only slime soup.
Ich bekomme nur Flüssignahrung.	I become only fluent food.
aus dem letzten Loch pfeifen	to pipe out of the last hole
Ich bin wieder auf dem Dampfer.	I am again on the steamer.
Ich bin fit wie ein Turnschuh.	I am fit like a sport shoe.
auf den Hund kommen	to come on the dog
Ich schaukel mir hier die Eier.	I swing myself the eggs here.
Er gehört in die Klapsmühle.	He belongs in the slap mill.
jemanden zum Narren halten	to hold someone to the fool
den Löffel abgeben	to give the spoon away

Kapitel 14
Im Schulunterricht

Capitol 14
In the School Underright

Im Schulunterricht
In the School Underright

Hallo zusammen, mein Name ist Loddar.
Ich bin euer neuer Fremdsprachenlehrer …
Hello together my name is Loddar
I am your new strange speak teacher …

… und ich sage es gleich vorneweg:
… and I say it equal in front of away:

Hier herrschen von jetzt an rauere Umgangsformen.
Here rule from now on rougher aroundwalkforms.

Wenn ihr denkt, ihr sitzt hier im gemachten Nest,
When you think you sit here in the maked nest,

wenn ihr glaubt, ihr könnt hier eine ruhige Kugel schieben,
when you believe, you can push a quiet bowl here,

dann habt ihr euch geschnitten!
then have you you cut!

Wenn ihr nicht folgt, dann dürft ihr nachsitzen.
When you not follow you may sit after.

Ich lass keinen von euch auf meiner Nase rumtanzen.
I let nobody from you dance on my nose around.

Wenn hier jemand einen Aufstand macht, dann setzt es Hiebe!
When here somebody makes an upstand then sets it heaps!

Verweise spare ich mir.
Forwises save I me.

Bei mir fliegst du sofort von der Schule.
By me fly you at once from the scool.

Heute schreiben wir als Erstes eine Ex,
Today we write as first a ex,

dann werde ich sehen, was ihr so draufhabt.
then I will see what you have so on it.

Ich werde den Notendurchschnitt in dieser Klasse heben.
I will lift the note throughcut in this class.

Mit mir kann man gut auskommen,
With me can man good out come,

wenn man sich an die Regeln hält.
when man holds him on the rules.

Nun holt eure Hefte raus,
Now hold your booklets out,

ich werde euch jetzt etwas diktieren:
I will be now your dictator:

Herr und Frau Schmidt sind schon lange verheiratet.
Mister and Misses Smith are already long for-shark-asked.

Sie leben in einer kleinen Stadt namens Recklinghausen.
They live in a little town called Wrecklinghouse.

Herr Schmidt arbeitet in der städtischen Kläranlage,
Mister Smith works in the towny clearings investment,

Frau Schmidt macht Hausarbeit,
Misses Smith makes homework,

sie bastelt Kugelschreiber.
she buzzles googleshrivers.

Die Schmidts haben einen kleinen Hund,
eine Promenadenmischung mit Namen Fido.
The Smiths have a small dog, a promenade-mixing with name Fido.

Fido holt gerne Stöckchen,
Fido likes to hole little stick,

er macht Männchen,
he makes little man,

und tollt viel im Garten herum.
and tolls much around in the garden.

Manchmal muss Frau Schmidt ihre Bastelarbeiten unterbrechen
Sometimes Misses Smith must underbreak her buzzleworks

und mit Fido Gassi gehen.
and go with Fido gappi.

Dann markiert er sein Revier,
Then he marks his refour,

und macht an jedem Baum sein Geschäft.
and makes his shop on every tree.

So, Kinder, ich sammel jetzt alle Hefte ein,
So children, I sample now all the booklets in,

und wehe, ihr habt Fehler gemacht,
and woe, you have maked failures,

dann gibt es Nachsitzen für alle!
then gives it aftersitting for everybody!

Nur für echte Franken
Only for real Franks

Ab dem Biebelrieder Dreieck war es frei.
Up'n people read a dry egg war's fry.

In diesen Schuhen tun mir meine Füße weh.
In dee show dummer my fees way.

Geh nur her, dann hau ich dir rein, dass du dich übergibst!
Gainer hair, no hower deny dusty spiced!

Sie, bringen Sie mal vier Seidel Bier.
Sea, bringer's mall fear sidely beer.

Bruder, ist die Blutwurst fettig!
Broader, is dee blued washed fed!

Die Weißwurst ist aber teuer.
Device washed is fie diar.

Wir haben nur Krautwickel heute.
Mere hum blues crowd wiggle hide.

Es regnet, schau mal her, da läuft die Brühe.
Is shift, show mall hair, dough lefty bray.

Schau einmal her, da läuft ein Igel!
Shower mall hair, dough left a eagle!

Heute ist eine Hitze, da musst du zuseh'n, dass du nicht eingehst.
Hide is a hits – dough mousse do shower dust net I gazed.

Gott sei Dank haben wir viel Sauerkraut.
God sigh dunk hummer feel sower crowd.

Heute könnte ich einmal fortgehen.
Hide Kennedy a mall Ford gay.

Loddars Zusammenfassung
Loddar's Togetherbarreling

Lieber Leser,
Lovely Laser,

nun geht dieses unterhaltsame Buch allmählich zu Ende.
now this underholdsome book goes allmowy to end.

Ich hoffe, ich konnte euch viel beibringen.
I hope I could bring you much by.

Jetzt geht raus in die Welt und plappert drauflos,
Now go out in the world and plapper on it loose,

mit derselben Selbstverständlichkeit,
with the same selfunderstandibility,

mit der Guido Westerwelle oder ich …
with that Guido Westerwave or I …

… Interviews geben.
… interviews give.

Wer gescheit fragt, soll schließlich auch eine gescheite Antworten bekommen,
Who intelligent asks shall finally also become an intelligent answer,

ob er es jetzt versteht oder nicht,
if he understands it now or not,

denn genau das macht ja den unglaublichen Charme …
then exactly this makes yes the unbelievable shame …

… von Loddars Fränglisch aus.
… of Loddar's Frenglish out.

Also, seid stolz drauf und sagt es allen, die ihr trefft:
Also be proud on it and say it all you meet:

Ich spreche, wie mir der Schnabel gewachsen is:
I speak how me the pecker is grown:

Ich spreche Fränglisch – du nicht!
I speak Frenglish – you not!

Tja, again what learned, oder?
Nothing for ungood

Euer Loddar!!

Brief an Loddar
Brief on Loddar

Lieber Loddar,
Lovely Loddar,

bitte nimm es mir nicht übel, dass ich mich über dein Englisch lustig mache.
Please take it me not evil that I make myself funny over your English.

Vor einigen Jahren sah ich dein Interview bei den New Yorker U-Bahn-Sternen, da sagtest du wörtlich:
Before some years I saw your interview by the New York Metro Stars, there you said wordly:

Ich schau nicht zurück, ich schaue vor!
I look not back, I look in front!

Was immer das bedeutet.
Whatever that bepoints.

Aber im Großen und Ganzen hast du recht. Du bist ein Mann, der was tut, der was schafft.
But in the great and whole you have right. You are a man who does what, who shaves what.

In diesem Falle eine total neue Sprache, und das so ganz nebenbei.
In this fall a totally new language, and that so whole next to by.

Ich nenne sie Fränglisch.
I call her Frenglish.

Ich wünsche dir, dass das Fränglische seinen Weg um die Welt machen möge!
I wish you that the Fränglish may make his way around the world!

Dein großer Ventilator,
Your big fan,

Chris Boettcher

Loddars unheimlich praktische Grundwortschatz-Fundgrube

(ab jetzt extra in drei Sprachen)

Loddar's unhomely practical Ground-Word-Treasure-Findpit

(up now extra in three languages)

Deutsch	Fränglisch	English

A

Deutsch	Fränglisch	English
Abblendlicht	down blend light	dimmed head light
Abendessen	evening eat	supper
abends	evenings	in the evenings
abfahren	to drive down	to depart
Abfahrt	downdrive	departure
Abfahrtszeit	downdrivetime	time of departure
Abfall	downfall	garbage
Abfallbeutel	downfallbag	refuse bag
Abflug	downflight	take off
Abführmittel	downleadmiddle	laxative
abgeben	downgive	deliver
abholen	downhole	pick up
Abkürzung	downshorting	shortcut
ablehnen	downlean	refuse
abreisen	downrice	depart
Absatz	downsentence	passage

abschleppen	slap down	tow
Abschleppwagen	slap down car	tow-car
Absender	downsender	sender
Abstauber	downduster	opportunist
Abteil	downpart	compartment
Aktzeichnen	action painting	nude drawing
Alarmanlage	alarm onlay	alarm system
Alter	olde	age
andersrum	otherround	the other way round
anderswie	otherhow	differently
anderswo	otherwhere	elsewhere
Anfang	oncatch	beginning
anfangen	to catch on	to begin
Angabe	ongive	declaration
Angel	angle	fishing-rod
Angelschein	angle shine	fishing license
anziehen	to draw on	to dress
Anzug	ontrain	suit
appetitlos	appetiteloose	anorexic
arm sein	to be arm	to be poor
Armband	armband	bracelet
Armbanduhr	armbandwatch	watch
auf	up	up/open
aufbewahren	to beware up	to preserve
aufbinden	to bind up	to untie s.th.
Aufenthalt	upinclude	stay
Aufenthaltsraum	upinclude room	lounge

Aufführung	upguiding/upleading	performance
aufhalten	to hold s.o. up	to delay s.o.
aufhören	to hear up	to break up
aufpassen	to pass up	to watch out
Aufschnitt	upper cut	cut
Aufschreiben	to write up	to write down
Aufzug	uptrain	elevator
Ausbildung	outpicturing	education
Ausdruck	outpressure	expression
ausdrücklich	outprintly	explicit
Ausfahrt	outdrive	exit
Ausflug	outflight	excursion
Ausfüllend	outfilling	expletive
Ausgang	outwalk	exit
ausgeben	to give out	to spend
ausgezeichnet	outdrawn	excellent
Ausgrabungen	outgravings	excavations
Ausland	outland	abroad
Auslandsgespräch	outland talk	foreign call
Auslandsüber-weisung	outland overwising	foreign transfer
Auslöser	outloser	trigger
Auspuff	outwhorehouse	exhaust
ausruhen	to quiet out	to rest
Ausschlag	outbeat	rash (Haut)
außen	outy	outside
außer	outer	apart from

außerdem	outerthat	besides
außergewöhnlich	outerusual/outersimple	exceptional
ausfallen	to fall out	to be cancelled
die Vorstellung fällt aus	the beforeputting falls out	the performance is to be cancelled
ausfallend	outfalling	abusive
Aussicht	outsight	view
Aussichtspunkt	outsightpoint	lookout
aussteigen	to climb out	to escape

B

Bäckerei	baker egg	bakery
Badeanzug	bath ontrain	swimsuit
Bademeister	bath master	pool attendant
Bahnhof	railway court	train station
Bahnsteig	railway climb	platform
bar	bar	by cash
Bart	Simpson	beard
Bau	prison/jail	bulding/construction
Bauer	prisoner / jailer	farmer
Bauernhof	prisoner court	farm
Baumwolle	tree wool	cotton
Baustelle	prison place	construction site
beachten	to beeight	to consider
beeindrucken	to imprint	to impress
befreundet sein	to be befriended	to be friends
begeistert	beghostet	enthusiastic

begleiten	to beglide	to accompany
Begleitperson	beglide person	companion
behalten	behold	to keep
Behälter	beholder	container
behandeln	to betrade	to deal with. s.th.
behaupten	to behead	to affirm
Beifall	byfall	applause
Beispiel	bygame	example
bekommen	to become	to get
beleidigen	to beharm	to insult
bemühen (sich)	to bepain (oneself)	to strive
Beruf	becall	profession
beruhigen	to becalm	to calm down
berühren	to bemix	to touch
bescheinigen	to beshine	to certify
beschlagnahmen	to bebeattake	to confiscate
beschließen	to beshut	to decide
beschreiben	to bewrite	to describe
besetzt	besetted	occupied
Besitzer	besitter	owner
besorgen	to beworry	to procure
Besteck	beplug	cutlery
bestehen aus	to bestand out	to consist of
Besuch	besearch	visit
Besuchszeit	besearch time	visiting time
Betrag	becarry	amount

Betrug	becarried	fraud
Betreuung	befaithfulling	care
Bettwäsche	bedwash	bed-linen
bewusstlos	awarelose	unconscious
Bildhauer	picture boxer	sculptor
Blähungen	blowings	flatulence
Blase	blaze	bubble/bladder (anat.)
Bläser	blazer	blower
Blutdruck	bloodprint	blood pressure
Blutung	blooding	bleeding
Blutvergiftung	bloodgifting	sepsis
Böe	boo	blast
Bodenverlegen	bodybuilding	to lay the floor cover
Bohnen	bones	beans
Botschaft	boatshaft	message
Brechreiz	break charm	nausea (med.)
breit	bright	broad
Breite	Brightness	broadness
Brennspiritus	burn spirit	denatured alcohol
Brief	brief	letter
Briefkasten	brief box	letter box
Briefmarke	brief mark	stamp
Briefmarkenautomat	brief mark ouch! Tomato	stamp-machine
Briefumschlag	brief around beat	envelope
Buchhandlung	book handling	book store
buchstabieren	to bookstick	to spell

D

daheim	there home	at home
damals	here paint it	then
Damen	there men	ladies
danach	there after	afterwards
dasselbe	the self	the same
Dauerwelle	duration wave	permanent wave
Decke	deck	blanket
Denkmal	think once	memorial
Denkmalschutz	think once protection	monument protection
Devisen	those meadows	foreign currency
Diebstahl	thief steel	theft
Dienstag	service day	tuesday
Donnerstag	thunderday	thursday
Dose	dose	can
Dosenöffner	Dose opener	can opener
Drogerie	druggery	drugstore
Durchfall	through fall	the squits
durchgebraten	throughfried	well-done

E

Ebbe	abbey	low tide
Ebene	ebony	level
ebenerdig	ebony earthly	at ground level
Ehefrau	beforewoman	spouse/wife
Ehemann	beforeman	husband

eigen	icon	own
eigentlich	iconly	actually
eilig	eggly	urgent
Eilbrief	eggly brief	express letter
Eingang	inwalk	access
einheimisch	inhomely	local
einladen	to inshop	to invite
einpacken	to inpack s.th.	to wrap s.th.
einsam	insperm	lonesome
Eintritt	inkick	entry
Eintrittspreis	inkick price	admission charge
Einwohner	inhouser	inhabitant
Elektroherd	electronic herd	electric kitchen stove
endgültig	endguilty	definite
endlich	endly	finally
entschuldigen	to endguilty	to apologize
enttäuschen	to endbluff	to disappoint
Erdbeeren	earth bears	strawberry
Erdgeschoss	earthgoshot	ground floor
erfahren	hedriven	experienced
Erfrischung	hefreshing	refreshment
erhalten	to hehold	to conserve
erholen	to hefetch	to recover
erinnern	to he-inner	to remember
Erkältung	hecolding	cold
Ersatz	hesentence	substitute

F

Fahrgast	drive guest	passenger
Fahrkarte	drive card	ticket
Fahrkartenschalter	drive card switcher	ticket office
fahrlässig	drivecool	careless
Fahrplan	drive plan	schedule
Fahrradweg	drive advice away	bicycle lane
Fahrschein	drive shine	ticket
Fahrstuhl	drive chair	elevator
falls	falls	in case
Fallschirm	fall umbrella	parachute
Fallschirmspringen	fall umbrella spring	parachuting
Fassade	barrel good-bye	front
fasten	fasten	abstinence
Fastenzeit	fasten time	fast
faul	foul	lazy
Faulpelz	foul fur	lazybones
Federball	feather ball	badminton
Feinkost	fine cost	delicatessen
Fell	fell	fur
Fernseher	far looker	TV set
Ferngespräch	far talk	long distance call
Festland	party land	continent
Festung	partying	fortress
fettarm	fat poor	low-fat
feuergefährlich	firegofarly	inflammable

Feuerwehr	fire who	firefighters
Fieber	fiber	fever
Filmschauspieler	film show player	movie actor
Flasche	flash	bottle
Flaschenöffner	flash opener	bottle opener
Fleck	flag	spot
Flugzeug	flight stuff	aircraft
Flughafen	flight harbour	airport
Folklore	full chlorine	folklore
Fotograf	photo earl	photographer
Frankreich	Frankrich	France
Freitag	freeday	friday
fremd	framed	strange
Friedhof	peacecourt	cemetery
Fronleichnam	happy cadaver	Corpus Christi
Frostschutzmittel	frostprotectionmiddle	antifreeze
Frühling	earlying	spring
Frühstück	early piece	breakfast
Frühstücksbüffett	earlypiecebuffalo	buffet breakfast
Führerschein	leadershine	driver's licence
fürchterlich	fearly	terrible

G

Gangart	corridor art	pace
Gangschaltung	corridor switching	gear shift
Gasflasche	gas flash	gas bottle

Gasherd	gas herd	gas stove
Gassi geh'n	go gappi	to walk the dog
Gastgeber	guest giver	host
Gebäck	goback	pastry
Gebäude	goboth	building
geboren	godrill	born
gebräuchlich	goneedly	usual
Gedeck	goblanklet	cover
Gedenkstätte	gothinktowns	memorial place
Gefahr	godrive	danger
gefährlich	godrively	dangerous
Gefühl	gofeel	feeling
Gegenstand	againststand	object
Gegenteil	againstpart	opposite
Gegenüber	againstover	opponent
Geheimzahl	go home number	PIN (personal identification number)
Gehirnerschütterung	go brain shaking	concussion
Gehirnschlag	go brain beat	stroke
gehörlos	gohearlose	deaf
gelbe Seiten	yellow sides	yellow pages
Geldanweisung	money onwising	money order
Geldschein	money shine	bank note
Gelenk	goguide	joint
gemeinsam	meanseed	together
gemütlich	gocouragely	comfortable

genießen	to gosneeze	to enjoy
Gepäck	gopack	baggage
Gepäckausgabe	gopackoutgive	baggage claim
Gepäckschalter	gopackswitcher	baggage counter
Gericht	goright	court of justice
Gerippe	influensa	skeleton
Geschichte	goshift	history
Gift	gift	poison
gleichzeitig	equaltimy	simultaneous
Gleitschirm	glide umbrella	paraglider
Glückwunsch	luckwish	congratulation
Glühbirne	glowpear	bulb
Grabmal	dig once	tomb
Großmutter	greatmother	grandmother
Großraumwagen	great room car	saloon coach

H

Haarfestiger	hair-fastener	setting lotion
Haarklammer	hair glamour	hair clip
Hackfleisch	hack flesh	hash
Händler	handler	dealer
Haferflocken	harbour flocks	oat flakes
Halbpension	half pension	half-board
Hammelfleisch	humble flesh	mutton
Handschuhe	hand shoes	gloves
Handy	handy	cell phone

hässlich	hately	ugly
häufig	heaply	often
hauptsächlich	headthingly	mainly
Hauptspeise	head food	main dish
Hausbesitzer	house besitter	homeowner
hai-lig	sharkly	holy
Hail-iger Abend	sharkly evening	Christmas eve
Hai-rat	shark advice	marriage
heiß	hit	hot
heißen	to hot	to be called
Herd	herd	cooker
hereinkommen	to income	to come in
Hering	hearing	herring
herrlich	misterly	marvelous
Herzanfall	heart onfall	heart attack
Herzschrittmacher	heart stepmaker	heart pacemaker
Heuschnupfen	hay sniff	hay fever
Hexenschuss	witch shot	lumbago
Hinterland	behindland	outback
Hochzeit	high time	wedding
hoffentlich	hopely	hopefully
höflich	courtly	polite
Höhepunkt	highness point	climax
hungrig	hungarian	hungry
Hupe	hoop	horn
Husten	Houston	cough

I

Ihr	ear	you
Imbiss	inbite	snack
Imbissbude	inbite barrack	takeaway
inbegriffen	ingrabbed	included
Inhalt	inhold	content
Inlandsflug	inlandsflight	domestic flight
Insekt	insparklingwine	insect
Inselrundfahrt	islandrounddrive	island roundtrip

J

Jahreszeit	year time	season
Jahrhundert	yearhundred	century
Jahrmarkt	year market	fair
Jugendlicher	youthly	teenager
Jugendstil	youth style	art nouveau
Junge	youngee	boy
Junggeselle	young companion	bachelor

K

Kinderspielplatz	child playplace	children's playground
Kleinkunstbühne	little art stage	cabaret
Kloster	cluster	monastery
Knie	knever	knee
Knochen	knock	bone
Kofferraum	suitcase room	boot (engl.)/trunk (amer.)

Konditorei	confectioner egg	confectionery
Konserve	conserve	can/tin
Kopfhörer	head hearer	headset/headphone
Kopfsalat	head salad	lettuce
Kopfschmerz	head hurt	headache
Korkenzieher	cork puller	corkscrew
Kostenlos	costlose	for free/gratis
Krankenhaus	ill house	hospital
Krankenkasse	ill cash	health insurance fund
Krankenschein	ill shine	health insurance certificate
Krankenschwester	ill sister	nurse
Krankenwagen	ill car	ambulance
Kreislaufmittel	circlerunmiddle	medicine for improved circulation
Kreuzfahrt	cross drive	cruise
Kreuzigung	crossing	crucifixion
Kugelschreiber	googleshriver	ball pen
Kühlschrank	cool closet	refrigerator
Kurzschluss	short end	short circuit

L

lächerlich	laugherly	ridiculous
Ladegerät	loadmachine	charging device

Landgut	landgood	manor
Landkarte	land card	map
Landschaft	landshaft	countryside/landscape
Landsmann	landman	compatriot
Landstraße	land street	country road/highway
langsam	longsperm	slow
langweilig	longwhily	boring
Lastwagen	burden car	truck
Laufverletzung	Joghurt	athletic injury
Lebensmittelge-schäft	lifemiddleshop	grocery shop
lebhaft	live arrest	active
lecker	licker	tasty/delicious
Leuchtturm	light tower	lighthouse
liebenswürdig	loveworthy	likeable
Liegewagen	liecar	couchette
Lippenstift	lip pen	lipstick
Locke	lock	curl
Lockenwickler	lockwrapper	hair roller
Lungenentzündung	lung ignition	pneumonia
lustig	lusty	funny

M

Mahlzeit	paint time	meal
Mai	my	May
Malerei	paint egg	painting
Mandelentzündung	almond ignition	tonsilitis

Mannschaft	manshaft	crew/team
Mehrfahrtenkarte	more drive card	rover ticket
meinetwegen	minecause	for my sake
Meinung	mining	opinion
Messe	mess	fair/mass (rel.)
Migräne	migrant	migraine
Mitbringsel	withbringsle	souvenir
Mittagessen	middle day eat	lunch
Mittelmeer	middle more	Mediterranean
Mittwoch	middleweek	wednesday
Mode	mode	fashion
möglich	mayly	possible
Montag	moonday	Monday
morgens	mornings	in the morning
Müll	mull	litter

N

Nachbar	after bar	neighbour
Nachmittag	after middle day	afternoon
Nachricht	after right	news
nachsenden	after send	forward
Nachtisch	after table	dessert
Nagelschere	nail cherry	nail scissors
Nahverkehrszug	near traffic train	local train

Nebenkosten	next-to-cost	additional costs
neugierig	newgreedy	curious
Nichtraucherabteil	not-smoker-downpart	non-smoking compartment
nördlich von	northly from	north of
normalerweise	normalwisely	usually
Notausgang	need outwalk	emergency exit
Notfall	need fall	emergency
Notrufsäule	need fall little pig	SOS-telephone
notwendig	needwendy	necessary
Nummernschild	numbershield	number plate

O

Ober	over	waiter
Ohnmacht	withoutpower	blackout/faint
Österreich	Easterrich	Austria
Österreicher	Easterricher	Austrian

P

Panne	penny	break-down
Pannenhilfe	penny help	break-down service
Parkplatz	parkplace	parking area
Personalausweis	personal outwise	identification card
Plombe	plum	inlay (med.)
Postleitzahl	postleadnumber	postal code
pünktlich	pointly	on time

Q

Quark	quark	curd
quer	queer	cross
Querschnitt	queercut	cross section

R

Rabatt	rabbit	sales discount
Rad	advice	wheel
rasen	race	grass
Rathaus	wheel house	city hall/town hall
Rechtsanwalt	rightonwood	lawyer
rechtzeitig	righttimely	in time
regelmäßig	rulemassy	constant
Regie	reggae	direction
Reisebüro	rice bureau	travel agency
Rennrad	run wheel	racing bike
Rock	rock	skirt
Rollschuhe	rollshoes	roller skates
Rückfahrkarte	backdrivecard	return ticket
Rückspiegel	back mirror	driving mirror
Rückwärtsgang	backwardsgang	reverse gear
Ruderboot	rude boat	rowboat
Rundfahrt	rounddrive	round trip

S

Saal	sale	hall
Salzstreuer	salt destroyer	saltshaker
Sandkasten	sunkist	sandbox
sauber	sober	clean
Sauerstoffgerät	sourstuff maschine	oxygen apparatus
Sauger	pigger	sucker
Säule	little pig	column
Sauna	pignear	sauna
saure Sahne	sour sane	sour cream
S-Bahn	eat-railway	suburban train
Schauspieler	showplayer	actor
Scheibenwischer	disc wiper	windscreen wiper
Scheinwerfer	shine thrower	headlight
Schere	cherry	scissors
Schiebedach	push roof	sunroof
Schiedsrichter	shitjudge	referee
Schienbein	rail leg	shin
Schlaganfall	beat onfall	stroke
Schlagsahne	beat sane	whipped cream
Schlange	slang	snake
Schlepplift	slaplift	drag lift
Schlips	slip	tie
Schlüsselbein	key leg	clavicle
schmecken	smack	taste
Schnellstraße	quick street	express highway

Schonkost	already cost	light diet
schrecklich	shrekly	horrible
schriftlich	writely	written
Schuppen	shopping	hovel
Seegang	lake walk	Motion of the sea
Segel	seagull	canvas/sail
Segeltörn	seagull turn	sailing trip
Sehenswürdigkeiten	lookworthynesses	sights
Selbstauslöser	self out loser	self-timer
Sicherheit	surehood	safety
Sicherheitsnadel	surehoodneedle	safety pin
sofort	soaway	immediately
Sonnenbrand	sunbrand	sunburn
Sonnenstich	sunstitch	sunstroke
Speisekarte	food card	menu
Speiseröhre	food pipeline	esophagus
Speisesaal	food sale	dining-hall
Spielplan	playplan	match schedule
Spielsachen	playthings	toys
Sprechstunde	speak hour	consultation
Spritze	splash	injection
Spülmittel	spoil middl	rinsing agent
Stadtrundfahrt	townrounddrive	city tour
stattfinden	townfind	take place
Steckdose	stickdose	socket

Stecker	sticker	plug
steil	style	steep
Sternwarte	starwait	observatory
Stock	stock	stick
Stockwerk	stockwork	floor
Strafraum	punish room	penalty area
Straßenkarte	street card	roadmap
Stuhlgang	chairwalk	bowel movement
südlich von	southly from	south of
Süßstoff	sweetstuff	sweetener

T

Tagesauflug	day outflight	day trip
Tagesgericht	day court	dish of the day
Tagsüber	dayover	by day
Tanzkapelle	dance chapel	dance band
Taucherausrüstung	diveroutarmour	scuba-gear
Thunfisch	do-fish	tuna
Tintenfisch	ink-fish	squid
Torwart	gatewait	goalkeeper
Treffen	traffic	meeting
Treppe	trap	stairs
Trinkgeld	drink money	tipp
Trommelfell	drum fur	tympanum
Turnschuhe	turnshoe/sport shoe	sneaker

U

überall	overall	everywhere
Überfall	overfall	assault
übermorgen	vermorning	the day after tomorrow
übersetzen	overset	translate
Überweisung	overwising	transfer
übrig bleiben	stay overy	to be left over
Umgebung	roundgiving	surroundings
Umhängetasche	roundhangbag	shoulder bag
Umleitung	roundleading	deviation
Umwelt	roundworld	environment
Umzug	roundtrain	removal
unterbrechen	underbreak	disrupt
Unterhaltung	underholding	conversation
unterrichten	underright	instruct
Untersuchung	undersearching	examination
Untertasse	undercup	saucer
Unterwäsche	underwash	underwear
unterwegs	underways	on the way
unwahrscheinlich	untrueshinley	improbable
Urlaub	clockleaf	holiday

V

Vormittag	beformiddleday	forenoon
Vorrat	beforeadvice	reserve

Vorschlag	beforebeat	proposal
Vorschrift	beforewrite	prescription
Vorsicht	beforesight	attention

W

Wahrscheinlich	trueshinely	probably
Wahrzeichen	true sign	emblem
Wanderkarte	wandercard	map of trails
Wanderweg	wanderway	hiking trail
Warnblinkanlage	warnblinkinvestment	hazard flasher
Warndreieck	warn three corner	warning triangle
Wäscheklammer	waschclumsy	peg
Waschlappen	wash lap	washrag
Waschmittel	wash middle	detergent
Wasserspülung	water spoiling	flushing
Wecker	wakener	alarm clock
Wegweiser	waywiser	direction sign
Weihnacht	crynight	Christmas
Weinhandlung	winehandling	wine store
Werkstatt	worktown	garage
Werkzeug	workstuff	tool
Wetterbericht	weatherberight	weather report
Wettervorhersage	watherbeforeheresaying	weather forecast
Wettkampf	betfight	competition
Wickeltisch	wraptable	diaper changing table

wiederholen	againfetch	repeat
Windeln	windies	diapers
Windschutzscheibe	windprotectiondisc	windscreen
Winterreifen	winterripes	winter tyres
Wolldecke	wool deck	blanket

Z

Zahnfleisch	toothflesh	gum
Zahnpasta	tooth spaghetti	toothpaste
Zeichentrickfilm	sign trick movie	animated cartoon
Zeitschrift	time script	magazine
Zeitung	timing	newspaper
Zimmermädchen	room girl	maid
zufällig	tofally	accidental
zufrieden	topeace	pleased
zusammenschlagen	togetherbeat	to beat s.o.
Zwischenfall	betweenfall	incident
Zwischenlandung	betweenlanding	stopover

Wir verlieben Dich!
www.friendscout24.de
Flirten, daten, verlieben – bei Deutschlands Partnerbörse Nr.1
FRIEND SCOUT 24